我是你的眼

Le cœur en braille

著 / [法] 帕斯卡·鲁特
Pascal Ruter

译 / 刘甲桂　校 / 郭威

漓江出版社

Title：Le cœur en braille

Author：Pascal Ruter

© DIDIER JEUNESSE, Paris, 2012

Simplified Chinese translation copyright© 2019 by Lijiang Publishing Limited

All rights reserved.

著作权合同登记号桂图登字：20-2016-353 号

图书在版编目（CIP）数据

我是你的眼 /（法）帕斯卡·鲁特 著；刘甲桂 译；郭威 校. —桂林：漓江出版社，2019.3（2021.6重印）

ISBN 978-7-5407-8158-3

Ⅰ.①我… Ⅱ.①帕… ②刘… ③郭… Ⅲ.①儿童小说－长篇小说－法国－现代 Ⅳ.①I565.84

中国版本图书馆 CIP 数据核字（2017）第 169075 号

我是你的眼（Wo Shi Ni de Yan）

作者：帕斯卡·鲁特　译者：刘甲桂

出 版 人：刘迪才
责任编辑：韩亚平
装帧设计：何　萌　李诗彤
责任监印：陈娅妮

漓江出版社有限公司出版发行

社址：广西桂林市南环路 22 号　邮政编码：541002
网址：www.lijiangbooks.com
发行电话：010-65699511　0773-2583322
传　　真：010-85891290　0773-2582200
邮购热线：0773-2582200

山东新华印务有限公司印刷
（山东省德州市经济开发区晶华大道 2306 号　邮政编码：253000）
开本：880mm×1 230mm　1/32
印张：8　字数：130 千字
2019 年 3 月第 1 版　2021 年 6 月第 3 次印刷
定价：39.80 元

1

闹钟响了。紧接着我听到爸爸上楼梯的脚步声。他猛地打开我的房门。

"喂，起床，天早亮了！"

他摇了摇躺在床上的我。

"快起来，你要迟到了！"

他劲头十足地下楼去。因为暑假，我的确失去了上学奔忙的习惯。而今天早上，是不是开学，我脑子里真是一团雾。我听到爸爸在下面忙着做早餐，发出那熟悉的搅醒我的声音。我刚要把头再次埋进瞌睡里去，却听到他吼起来：

"你自己起来，还是让一台起重机把你吊起来？"

我惊跳起来，一只脚差点儿踏出床外。我犹豫了一会儿，好像要跳进冷水里一样，然后胡乱套上一条裤子和一件T恤。管它什么美不美，我心想。我垂着沉重的脑袋下楼了。

在厨房里，爸爸给我热了一碗巧克力。一股热腾腾的香味散发出来，脑子里的雾气稍微散了点儿。

"你准备好了吗？"我喝饮料时爸爸问我。他扬起弯曲的眉毛，抬起右手，仿佛在远远地按摩我的头。我尽力做出自制的样子。

"我想是的，可……我没法知道，因为……嗯？"

他收拾了一下餐具，临再去睡觉之前，又对我说：

"别忘了把嘴上的巧克力胡子抹掉。仪表，很重要！"

我耸耸肩，待在客厅里。太阳刚刚出来，小院子很明亮。有些树叶已经掉落，仿佛干蝴蝶睡在地上。时间在前进，我找到了书包。我觉得它又小又干瘪。我心想，它不会有什么危险吧？今年，我不会再害怕那里头存在的种种问题了。我翻了翻里边，发现了一张文具用品单。我撇了一下嘴，心想，我忘记把它交给爸爸了，可是，从他那边来说，他应该想得到呀；在一个团队里，事情就该是这样。

我差点儿闯进他房间里告诉他，可我心想，算了……我开始把包掏空，做个清理。我找出几根铅笔头，还有一张可敬的哈依沙姆画的古怪画作。画面上有一棵苹果树，树干周围有许多大大的红苹果。我迟疑着把它挂到了墙上。他想告诉我什么呢？通常，我一点也不懂他画的东西，也不懂他所说的话。如果我要他解释，他就更让我弄不懂了。包里还有我五年级时最后一张考试卷，打着3/20的分数和"有进步"的评语，一张从杂志上撕下来的穿着游泳衣的苗条女士的照片，外加那个女孩。我甩了甩书包，把它彻底清空。心想，新的感觉，能给人希望。

然后，我觉得书包一点分量也没有了。可是，一个书包，空空如也，恐怕就失去它的用途了吧？于是，我又把乱丢在抽屉里头的去年的两三本练习本放了回去。

我的学习情况并没什么改善，与我当初制订学习计划时的决心相反。我不得不调整了一下书包带，放松一点，因为它硌得我肩膀疼。我心想我长大了。为了确认这一点，我走到大衣镜子前，果然，我身体壮实多了，连书包也不觉得那么大了。

我很高兴。因为在生活中，和其他很多事情一样，身板儿是很重要的。

临走前，我敷衍地喊了一声："再见！"但爸爸好像没有搭理我。这不是他的错。他肯定很晚才从城里回来。跟往常一样，他很注意不吵醒我，而现在，他要补回一觉了。

天气不太冷，只是有点阴暗。那辆潘哈德轿车停在院子里。昨天，爸爸花了一天的时间调他宝贝汽车的摇臂，因为润滑油管出现了严重问题。我建议他关闭油路，这是个好办法。晚上，我上床的时候，爸爸出去送货，我听见它的 M10S 发动机又正常地轰鸣起来。真的，这是一首最美的摇篮曲。

我来到学校，学校里到处都是人。我经过哈依沙姆父亲的传达室，可是没看见人。于是我去院子里与其他学生会合，等待校长的召集。

院子里满是人，而围栏后面，则是一些想看活动怎么开展的家长。他们把脸伸进两手抓着的栏杆里，仿佛是想呼吸自由空气的囚犯。我心想，这是一种围观的可笑办法。校长开始招呼我们了。我们慢腾腾地在班主任面前排好队。当一个班满员的时候，老师就把他们带进楼里。学生队列就这样一个个消失，院子渐渐空了。正当我琢磨着在哪里能找到那位可敬的哈依沙姆时，一只手搭在了我的肩膀上。我不用回头就知道是他。

"尊敬的埃及人，"我咕哝说，"我希望我们在一个班里。"

"搞定了。"

然后，我回过头来，因为我急于看看他的脸。我觉得他在暑假期间又长胖了。他把大肚子包在一件厚厚的完全过时的方格子衬衣里，穿着一条短短的天鹅绒裤子，裤子短得露出了颜色错杂的袜子。在永远圈着玳瑁框的眼镜后面，可以看到他那双小小的眼睛微笑着。他带着一种玩转一切的宁静和安详。我永远不懂哈依沙姆怎么能对时髦现象那么油盐不进。不过算了，这是他的事。埃及人用肘子碰了我胸膛一下。

"维克多！没来？这就缺席啦？"校长在扩音器里喊着。

现在实在不是被人看成逃兵的时候，我不想从学年一开始就让人注意我的情况，我宁愿稍等一下。

"不！不！我在这儿……"我摇着手喊起来，"我来了，请看，我在队里！"

不一会儿，哈依沙姆来到我队里。

他说过"搞定了"，果然，是搞定了。班里别的人我一个也不认识。我在班主任后面的走廊里来回走着，心想，如果我想被人忘记，这样也许更好。

我们在课桌前安顿下来，然后老师要我们填一张登记卡片，因为学年开始，老师要了解我们的情况。我一直没弄懂为什么，可毕竟……我也很想了解老师的情况，可是我一直不敢提出来，因为我想，如果是我提出来，很可能会被认为动机可疑。但了解老师们住在哪儿，家庭情况之类的，总该是挺有意思的，比许多东西都更有意思。

哈依沙姆，按他的习惯，坐在最后一排。我曾经希望他改变做法，但看来不行，他总是喜欢独自坐在最后一排。他常对我说，这对他很重要。上课的时候，他一下子进入非常集中的状态，从外表看来却像在打瞌睡；可是我知道，他这是像提纯糖浆一样在提炼注意力，但在学年开始，老师们总是上当，以为他是在睡觉。他半闭着眼睛，两手抄在肚子上，有时下巴搁在胸前。他说在这种时候，他就成了"尼罗河的鳄鱼"，样子好像在睡觉，但实际上是像海绵一样把整堂课都吸进去了。老师稍有一句话或一个响动，他就会有反应，像貌似睡觉的鳄鱼一样，嘴巴一张就能抓住掠过的一切。

去年，数学老师曾在黑板上用各种各样的方根和天书似的各种公式，出了一道难念又难记的证明题。当他忙于从黑板这头走到那头时，我这位可敬的埃及人却保持着他的沉静，下巴搁在胸前，懒洋洋地半睡半醒，一个字也不写。随后，他抬起眼皮，恭恭敬敬地请求发言：

"先生，我并不想冒犯您，但是我相信可以用更简便的方法来解这道题。"

他慢慢向黑板走去，拿起一支粉笔，大家觉得进入了一种神奇的气氛之中。在黑板的一小块角落，他只是简单地画了一条线，那位老师却睁大了眼睛，好像面对一扇开向无限的大门。

"你做的完全正确。"他既惭愧又赞赏地小声说。

之后，他就请了病假，大概为相当多的事情打了个句号。

关于登记卡片，我为"父亲职业"一栏犯嘀咕。我填上了"采购员"，因为我想，这应该最切合实际。当然，他也卖东西，但我觉得"采购员"更神秘，尤其是更高贵。随后，我就走神儿了。爸爸有没有给潘哈德的进气阀和排气阀留0.15的游隙呢？如果没有，他的摇臂就可能用不了多久啊。我为这事担心了好一阵，把老师讲的全都漏听了。

＊＊＊

　　上午结束时，我在院子里碰到了哈依沙姆。他戴着玳瑁框的大眼镜，好像一只大猫头鹰。我们慢慢地朝他父亲的小屋走去，因为哈依沙姆——我所称的可敬的哈依沙姆，一向走路很慢。因为他总摆出同一副架势，仿佛吞下了一张录着"哈依沙姆是个值得尊敬的埃及名字"的唱片。

　　他父亲在棋盘前等着他，棋盘旁边有一个用透明香糕堆成的金字塔。我的同学是个有哲学家风度的人。有一天，他对我说，据他看，埃及金字塔正乃人是无可救药的证明，他们的天然素质就是使自己越来越泄气，而使优点越来越少。当时我不大懂，晚上我就问爸爸，他一下子笑得呛住了；然后他叫我别信他，因为哈依沙姆肯定是个悲观主义者。我查了爸爸为帮助我学习而送给我的词典，上面写着：

　　悲观主义：认为一切都在变得或将变得更糟糕的思想倾向。

　　总之，那天跟往常一样，我看他们下棋看了好长一段时间，直到学校里人都走空了，而我的肚子也填满了香糕。哈依沙姆动作很慢，中规中矩，像魔术师的动作。在他父亲薄薄的嘴唇上总浮着一丝微笑。他们几乎从不说话。我亲爱的同学每走一步棋就吃一块香糕，轻轻嚼着，等待他父亲的应手。一些糖砂掉在他的方格衬衫上，落在棋盘上，仿佛一种伟大的和平正由这朵甜蜜的小小云彩呵护着，静谧而默契。

我喜欢最后一个离开学校，上学也一样，而吕基·吕克一点也不明白。倒是哈依沙姆猜到了教学顾问和吕基·吕克之间的相似性；一个布列塔尼的吕基·吕克。有时，某个人把头探进小屋子，向哈依沙姆的父亲询问什么事，而他父亲模棱两可地应着。好些秘密包裹着我亲爱的同学：怎么哈依沙姆会这么胖而他父亲却这么瘦？为什么我的同学取了个埃及名字，而他父亲却取了土耳其名字？尤其是，为什么我这位高贵的有着埃及名字的同学会去做沙巴①，既然他不是像埃及人一样的土耳其人，也不是像土耳其人一样的埃及人？在我同学哈依沙姆身上有着许多我不懂得的东西。有时我去查父亲送给我的词典，但那里头也不是总能找到答案的。于是，在看他们下棋的时候，我只能嚼香糕。

香糕：又名"爽喉糕"，由加了香料的面团，外裹细糖粉而做成的东方甜食。

---

① 犹太教的安息日，在星期六。——译注（本书中注释如无特殊说明均为译注，后文不再标示。）

＊＊＊

"在学校过得怎么样？"爸爸从潘哈德车发动机里抬起满是油污的头问我，"你还没被盯上呢？"

我叹了口气。

"还没呢……"

他怀疑地皱皱眉头。去年年底，他曾向学校当局，特别是向吕基·吕克允诺好好督促我。为了鼓励我，他给我买了亚历山大·仲马先生的《三个火枪手》和我说过的那本词典。我问他：

"你昨天想到给进气阀和排气阀留 0.15 的游隙吗？要是没留，你的气门摇臂就会卡死的。"

他一边擦拭工具，一边耸耸肩。

"爸爸，告诉我……"

"嗯？"

"你觉得亚历山大·仲马先生写《三个火枪手》用了多长时间？"

"我不知道……"

"整整一年吗？"

"可能……不过我觉得可能花了更多时间。"

"你觉得是三年吗？我想可能每个火枪手一年。"

9

"可能。"

"还有件事，爸爸……"

他在潘哈德车前面的座椅上坐下。

"好的……等等，我坐一会儿，别是件什么怪事吧……"

"我想知道……过去，你在学校很棒吧?"

他露出放心和庄重的神气，两眼含糊地微笑着，右手轻轻地摩挲着下巴，似乎在搜寻着他的记忆，想让过去的火花冒出来。

"是的，超极棒!"

"在什么科目上?"

"所有科目。"

他露出一种古怪的微笑，很自豪，同时带点儿悲伤，在挡风玻璃后面稍稍改变了他的模样。

我却有点怀疑，因为父亲的责任是给儿子做出榜样。我回到房子里，心想，关于《三个火枪手》和大仲马，还得问我那位可敬的哈依沙姆。我喝了一杯水，爬上我在顶楼的房间，然后把书包清空了，把新课本放在特意安装的书架上。我把每周课程表贴在墙上，因为在五年级时我怎么也记不住它，我总是弄混了科目、日期和时间，我从来就没带回过好成绩。最后，在第一页记上了科目和授课老师以后，我合上了作业本。这很费了我一些时间，但很像诱人的涂瓷漆的工作，我把它看作已经是一个进步了。一个方法上的进步。而对于方法，我们可以有各种说法，这很重要。我下到小客厅里，问爸爸，能不能按照哈依沙姆给我的烹调法做出埃及式的米饭。吃饭时，爸爸以一种严肃得叫我害怕的态度问我：

"那么，孩子，你喜欢你今年的老师吗？"

我看出他心里是想为他向吕基·吕克做出的承诺增光，想证实我在学年一开始就走上了正道。我为了安慰他，脑子里蹦出来一个爽快的"是"。

"孩子啊，你看，一个学年，最要紧就是开头。万事开头难啊。不用太使劲儿，但是得有活力。当然，要当心……注意不要一下子就喘不过气来了。"

他把一只手搁在我肩上。

"我的老朋友，生活，是一个上山的过程，不是一个计时赛。好好记着这一点。"

他从哪里学到这些真理的？看来连他也染上了嗜好象征的怪癖了。

"对我来说，坡道太多，拐来拐去，爸爸，你知道吗？自行车骑得屁股痛。我不是要惹你生气，为了鼓励我，让我学会生活，得另外想个办法。"

我们撤掉餐桌，面对面坐在两张深深的椅子上。我开始提问，因为昨天晚上我输了。

"'潘哈德＆勒瓦索'轿车的三点悬挂系统获得第一

个专利是在什么时间？"

他想了几秒钟，耸了耸肩。

"这个容易：1901 年 1 月 14 日。我来问你：在潘哈德车上第一次使用散热器是在哪一年？"

我闭上眼睛沉入思索。第一个散热器……第一个散热器……

"有了：1897 年，同时使用的还有巴黎—杰普。"

父亲赞赏地吹了声口哨，站了起来，因为他有工作。

"简直难以相信，你居然能记住克虏伯手册，但是……"

我看出他想说什么了，即使他有道理，也不是道理。

"我明白，爸爸，别说了，因为就是这样，嗯。"

"你还记得你认为纳尔逊·曼德拉是 A．J．奥赛尔队的中锋队员的时候吗？"

"别笑我了。"

我们就这样笑着，带着互相发出的肥皂泡似的回忆。

"明天，你看吧，我给你准备了一个大难题，"他晃了晃克虏伯教程说，"你永远也找不到。"

"我也准备了，你也找不到。"

在房间里，我瞟了一眼贴在墙上的课程表，这使我有点沮丧。我注意到第二天是 8 点 30 分开始，我又想到爸爸对我说的话："万事开头难啊。不用太使劲儿，但是得有活力。"在床头柜上，我看到了亚历山大·仲马先生的书。可以肯定，我要用比他写这本书更多的时间来读它。我读到了第4页。我更喜欢读几页克房伯教程，它堪称潘哈德车的《圣经》，因为我无论如何要难住爸爸。

2

X-2（4X+1）= 4（2-X）+2

这个，可以说是这学年我碰到的第一道难题。不是唯一一个，是第一个。我在去年做过的练习里找了，但一无所获。我转头去看哈依沙姆，他已经放下了钢笔。我心想，这一次他是不是也不知道答案，但显然他已经做完了，靠着他脑子里那个神秘的涡轮机。我向他投去绝望的目光，可他只把大手抬起了几厘米。这是他表示鼓励的特有方式：别发愁，会解决的，虽然麻烦，但一定会解决。说真的，由于我的缺陷和无知，我真的很担心。

我偷偷地看看数学老师，她走动时发出一种古怪的声音，因为她腿瘸，有时甚至要靠两根拐杖走动，使人觉得她在用拐杖编织时间；无所不知的哈依沙姆曾告诉我，她很不幸，因为很久以前她的一个孩子死了。我心想，肯定是因为这事儿，她现在才叫她的学生解方程式。有一天，我曾问过哈依沙姆，觉不觉得她还把死娃娃带在她的右腿里头。他张大了嘴，以一种古怪的神色看着我——这是他在深思的表现——而且把手放在我肩膀上。

"老朋友，也许你还有一点希望。"

我的发现的确使他的神态给人留下深刻印象，那神态中甚至有某种欣赏。就是从那时起，他有点认真对待我了。而我觉得，在他眼里被看重，实在是件异乎寻常的事情。

我装作专心写字的样子，尽量不引人注意。幸好，下课铃响了。

接近傍晚的时候，哈依沙姆忙于在他的格架里整理东西。我拖延了一会儿，因为他老不来，我就进了他父亲的小屋。这天，他戴上了那顶漂亮的红色土耳其帽，显出非凡的古代显贵的气派。一条使我着迷的小巧的金色流苏系在帽子顶端一条天鹅绒带子上。

趁我可敬的埃及人迟到的机会，我想弄清楚某些一直纠缠我的奥秘。

"先生，"我问道，"您能不能告诉我，您为什么给哈依沙姆取了个埃及名字，在他叫哈依沙姆之前？而您却是土耳其人？而且我很想知道，您为什么每个星期五傍晚做沙巴？"

"你想让我什么时候做？星期三上午？或星期一下午？"

他微笑着。我看出他在嘲笑我。

"我的意思是，这沙巴，并不是那种土耳其的做法，也不是埃及……"

他有点懒洋洋地抬起一只手，使我想起哈依沙姆的动作。

"你会知道的！会知道的！……"

哈依沙姆终于来了。我求他给我讲数学，因为那些方程……实在是……为了不受干扰，我们坐在小屋的最里头。

"你想知道什么？"他问。

他的神态很安定。

"咳，我想知道怎么做这乱七八糟的 $X-2(4X+1)=4(2-X)+2$，我不是想批评科学，但是，不管怎样，咳。"

"这并不是很复杂，得先把它展开。"

他往嘴里塞进一大块香糕，细心嚼起来，并且奇怪地看着我。我问：

"展开什么？"

"当然是展开方程。难道你想展开别的什么？"

"我不懂。"

"那个，你去掉括号，就得到：$X-8X-2=8-4X+2$，对不对？"

我耸耸肩。

"然后怎么办？这总还没完吧？"

"当然没有，笨蛋。你把所有的 X 移到左边去，其余的移到右边去。"

"行，这样得到，这样得到……X−8X+4X＝8+2+2。"

"呃，对了……那么，现在怎么办？"

"我不知道，那个，我可以去踢球了吧！"

他差点被香糕噎死，就好像那些糖精要从眼睛里冒出来，两只眼睛就像两个小雪球。

"不对，笨蛋，你的问题还没完成，你得求出 X 的值！"

泪水涌上我的眼睛。我又想到送给我《三个火枪手》的父亲，他小时候在学校里是学霸，他让吕基·吕克给他重新系上了书包带，他为密切监督我学习而做了一切……可是我，我在这个学期的第一个 X 面前就被击倒了。

"好了，"哈依沙姆又平静地说，"还得简化。简化吧。"

"好的，我简化，我简化，化成糨糊好了……那么，我得到：−3X＝12。"

"你还得用 3 去除！"

"当然……哦！这下我得到一个怪式子：X＝12÷（−3）……我肯定什么地方搞错了……"

"不，这是对的，就是说：X＝−4。你看对吧？"

"坦率地说，我看不清楚这有什么用，但我觉得对。反过来，我不知道，我能不能独自重新做出来。我不能向你保证。"

"难以想象，如果有好几个未知数你该怎么办。"他说着，又吞下一大块香糕。

"存在这种情况？"

"数学上什么都存在……"

"你，你是怎么学会这一切的？"

"我吗，我不一样。对我来说很正常——埃及人一直都是很伟大的数学家。"

"那么，做沙巴的土耳其人呢？"

"土耳其人也是，连那些不做沙巴的人也是。"

＊＊＊

随后一星期，事情变得复杂了。我发现，变复杂，是事物的自然倾向。首先，史地老师吼着把试卷甩回给我，因为在回答尼斯气候情况的问题时，我的答案是"那里会下雪，有时会有低潮"。我，我了解我自己，但我确实是唯一的一个。全班的人都大笑起来，尤其是一帮屁股紧绷的女孩子，她们笑起来，就像在背诵一条数学定理。这些女孩子，我敢肯定，她们放屁都不会臭的。连哈依沙姆也笑了。但他，那是朋友的温柔的笑。我忘记复习地理知识，是因为活塞轴的问题。爸爸想用五凹槽的活塞环代替四凹槽的，他必须全部拆除、去掉镀铬的活塞轴。我到我房间里找到克虏伯教程仔细看了，书上说必须换掉摇臂头，以避免活塞卡死，产生你能料到的后果。总之，这一切就是我解释尼斯气候问题的原因，我把这事给忘了。然而，我并不讨厌地理。我可敬的埃及人的父亲曾在一张地图上给我指出埃及在哪儿，我在这个国家里看到，除了有沙漠的地方，就到处是水。

"土耳其呢？"我问他。

他用一根手指精确地指着挂在墙上的地图上的位置，光滑的指甲仿佛一粒宝珠发出一个清脆的声音。

"土耳其在那儿，那就是它的确切位置。"

"嘿，奇怪，我以为那是印度呢。"

地理课后的课间休息，我独自待着，考虑爸爸会说什么，我怎么才能给自己辩解。我看着气球在天空画线，心想，我可能生来不是学习的料。我感觉班上的女孩在嘲笑我，因为她们看着天空，高声地说："我猜想什么时候下雪呢……"然后她们就会夹紧屁股大笑起来。哈依沙姆不见了，我不知道到哪儿去找支持。我又想到爸爸的难题："在1901年的巴黎—柏林拉力赛中，潘哈德车有什么革新？"连在克虏伯教程里我都没找到答案。

我很泄气，拒绝了所有找我玩儿的邀请，我想把计分游戏继续下去，这是我生活中一项重要的事。我已经看到爸爸进了校长的办公室，吕基·吕克正在狠狠地责备他，而这，正是我出于保护父亲的感情而要极力避免的。我又想到亚历山大·仲马先生，他甚至不认识我们，就费了很大的劲，为了给我们带来快乐，教给我们好多的历史知识；我发誓每天晚上至少要读 20 页《三个火枪手》；然后我减少到 15 页，因为我得学会分配精力，而不能喘不过气来。

课间休息结束的钟声响了，我不知道这是好兆头还是坏兆头。我满腹狐疑地站好队等待体育老师。我想起爸爸和他的读书经历，给自己鼓劲。体育课会使我重整旗鼓的。

半小时以后，我可以说，体育并没有比尼斯气候给我带来更多的好运气。我又被吕基·吕克带到了他的办公室。他站着，两腿叉开，一副决斗的架势。我觉得他就要拔剑出鞘，眉眼间好像要给我插上懒笨学生的旗子。

"我想情况已经很清楚了，你又成了重点关注对象……对不对？……我相信你已经下了决心……你有良好的意愿……"

"是的……哦不！"

"什么，是，又不是？"

"嗯，我的意思是，我有决心，也有意愿，可就是那些话，老自己冒出来……"

"好，我们总结一下……体育老师叫你们排纵队……"

"是的，而他去找体操房的钥匙……"

"而你们全都排好队等他？"

"是的，先生，我们等他。正如您说的一样……"

"可就是在那时候，你想引人注意……你能重复一下你当时高声说的话吗？"

我挠挠下巴，确实，是因为一种害人的寂寞感。我思忖达达尼昂①如果处在我的位置会怎么干。

"您要我重复……"

"对……"

"如果是为了羞辱我，那您居心不良……"

"重复，要不，我就找你爸爸！"

他做出抓电话机和找号码的样子。我想这很可怕，因为他知道怎么控制我。

"那么我重复？"

"对。"

"好，当时我们排好队，等着。突然下起雨来。您知道，吕克先生……盖诺莱先生……这些夏天的大雨点像苍蝇一样砸在干燥的地板上……"

"给我省点儿你的文学才华吧……"

"可是，文学，这很重要，先生……"

"我不管，我只要你重复你在队列里说过的话……"

"您读过亚历山大·仲马的《三个火枪手》吗，

---

① 达达尼昂和下文的居萨克、比斯卡哈均为《三个火枪手》中的人物。

先生?"

"不，我没读过《三个火枪手》……为什么？难道你读过?"

"是的……反正差不多……您知道亚历山大·仲马先生用了整整三年来写这本书，每个火枪手一年……"

"不，我不知道……"

突然，他好像恢复了常态。

"那么，得了，我想知道你在队列里说的话……"

"我说过的话？您真要我讲？好，嗯，我在队里说：'现在我们怎么办，我们乐一乐吧?'"

好几秒钟他没作声，似乎这句话正好说到了他心坎上。我觉得他要笑了，或者要哭了，我难以确定。

"你使我遗憾，孩子，你使我遗憾。不过，你还不是个坏家伙……"

"您说得对，先生……"

"你能够成功……"

"肯定能，先生。按专家的意见，这尤其是个方法问题。"

"你很想让你父亲高兴吗?"

坏蛋。

奇迹一下子就出现了，我想起了我父亲用来包工具的、满是油污的那张地方报纸。暗中突袭，不愧为达达尼昂对付居萨克的一个闪避。

"我想，先生，"我改变话题，"您在星期天的自行车赛中表现很棒。我以为车队马上要赶上您了，可是您还留有一手……"

他被击中了。跟比斯卡哈腿上的佩剑一样，只不过他心头装的是车把而已。吕基·吕克还是个成年组的自行车冠军，自由时间他总是在车座上度过。想到他整天屁股痛真是可笑。

他有点不相信似的，以古怪的神态看着我。

"你当时在场？"

"是呀，"我说，同时努力回忆着报纸上的亮点，"我还可以告诉您，这么一个冲刺，我还从来没见过，就连在环法自行车赛上也没见过。照我看，您完全能成为一个职业赛手，一个真正的冠军。"

"可能，但那得苦练……我从来没想过——身体第一！"

"您说得对……身体，很重要……我呀，我觉得赛跑中最根本的，是不要出发太快，免得喘不过气来……就跟一个学年的学习一样……（我希望他赞赏这种比较。）现在我能走了吗？因为天快黑了……"

"暂时没事了。我不想再听到人家讲你，别再没完没了地干傻事。要不，我就告诉你爸爸，他肯定会不高兴。"

"嗯，是的。"

我走出他的办公室，可是因为这事，我错过了校车。我远远看见哈依沙姆和他父亲在小屋里又准备下棋了。我很想去一边观战一边吃香糕，什么也不想。下棋，正是让人不想事的最好办法。但我想，我最好还是回家去，因为白天我已经够引人注意了。可敬的埃及人看见了我，举起他的大手向我致意。他那黑黑的玳瑁框眼镜总使他看起来像头安静的大猫头鹰，永远是那么平和。

* * *

我走在路上，太阳开始往树林后面落下去，我沿着夹道的树林走。正好在树林中间，我们的生物科学老师打理着一口小池塘，用于观察蝌蚪和青蛙。在去年，我想到的最妙的一件事，就是往里头倒了一些洗涤液，杀死了好几只青蛙，看见它们肚子朝天。其他的一些也长得不大好了。对于这件两栖动物谋杀案，我绝对不是有意的；我向吕基·吕克发过誓，可他只相信一半。为了弥补损失，并且证明我对自然的热爱，我不得不用寒假的一半时间把池塘挖清。结果，在那年，杜布瓦先生竟然让我们研究青蛙的反射：他给一只青蛙接上电，对它处以极刑。为培养我对青蛙的尊重和对一般动物的热爱，这是很值得的一课。

随后，我走下山坡，经过村口那些大房子，刚好在教堂前碰到班上的一个女孩。玛丽……玛丽什么的……我想不起来了。我心想是不是该掉头走开，因为说实在的……可是她也往那个村子走，而且我已经落后得这么远了，所以我就放慢脚步，免得追上她。结果是她转过身来。她见到我时，不但没像我猜想的那样跑开，反而停下来，向我做手势。这下，我局促起来。

"你相信今天会下雪吗？"她问我。

"哦！得了，得了！你就永远不会有说傻话的时候吗？"

她好像在思考，掂量她的答话。

"当然不，我从来不会。"

这话似乎没让她太高兴。

"而且，那是因为爸爸的活塞轴问题，可是，显然你不会懂的。"

"你确定？"

我脑子里一直有一个东西在念叨……她的名字……玛丽……玛丽……玛丽什么呢？

"我确定，相信我。"我终于回答。

我拿出严肃的神态说这话，因为至少在这个问题上，我肯定我没有错，而且有某种权威性。其实我还是错了，不过以后你才能看到。几分钟时间，我们没有找到话说。我的脑子还在蹦跳着寻找她的名字……那名字几乎到了我舌尖上，可每次都逃走了。我偷偷地看着她。她的头发呈红棕色，非常美地卷曲着，随风飘扬，遮住了她的一部分脸庞。她打扮得像个日本娃娃，于是我想到我三天没洗澡了。出于自尊，我发誓今天晚上彻底洗个澡。我寻思说点什么给她一点好印象，因为尼斯的事儿让我烦心，而我是有尊严的。突然间，我有主意了：

"我有个问题要问你……你读过亚历山大·仲马的书吗？"

"父亲还是儿子？"

"怎么回事，父亲还是儿子？"

"父亲亚历山大·仲马还是儿子亚历山大·仲马？"

我一点也不懂，事情又一次变复杂了。我心想稍后得去打听，现在最好改变话题。我努力寻找一个对我不会太危险的方面。我的视线落在她右手上。她戴着一个大戒指，为讨好她，我夸赞：

"你手上戴着的漂亮的痔疮①，是真货吗？"

我没立即明白她干吗把我看成一个外星人，她不知道该说什么，好像我们说的不是同一种语言。

我又说：

"精神的东西，你好像挺感兴趣。"

她对这个新的拐弯有点稳不住了，皱起了眉头。她或

———————

① 维克多把"祖母绿"一词与字形读音相近的"痔疮"搞混了。

许在猜我是不是在跟她玩恶作剧，或别的什么。

"为什么，难道你不感兴趣？"

我把手指放在嘴上。她的名字：玛丽·约瑟。

"不，"我以最大的自信回答道，"我也感兴趣。但不是每天。"

"我呀，我觉得关于眼睛的生物科学课程很有教益。"

她似乎陷入沉思，心不在焉。她继续自言自语：

"发生在虹膜和角膜上的事情真是不可思议……"

"你看到，当他解释这个肮脏的……这个讨厌的角膜怎么使人瞎眼的时候，我提了问题……"

我们到了面包店前面，我这才觉察到太阳已经落下了，一重阴暗的薄雾开始笼罩我们。突然，她停住脚，转向我，声音里带着微笑地说：

"人一旦瞎了，就既看不到尼斯下雪，也不知道潮水是高还是低了。这对于热爱这个地区和它的气候的你来说，可是伤脑筋的……"

她转过身去，我们就这样分手了。对于我来说，是耻辱呀。

耻辱：受辱者的感情或状态。见屈辱。伤害自尊的感情状态。

在这个定义中，至少有两个词我不懂。如果必须成为专家才能懂得一个定义，那我就没有必要去弄懂了。

***

回到家里，我马上问爸爸，因为疑问毕竟缠着我：

"爸爸，说实话，你知不知道有两个亚历山大·仲马？"

他从沉浸其中的《研究员与收藏家之中介》里仰起鼻子：

"是啊，父亲和儿子。"

我痛苦地大大叹了一口气。

"你干吗这么叹气？"

"咳，我发现许多人知道很多我压根儿不知道的东西……在放学回家的路上，我遇见班上一个女孩，她已经知道有两个亚历山大·仲马了。我再也不敢跟她谈《三个火枪手》了，我相信她已经读了好几遍。而哈依沙姆，他大概几年前就知道了……说到底，为什么亚历山大·仲马给他儿子取了跟自己一样的名字？"

"我不知道。可能他希望儿子跟他一样写书，因为他觉得他的名字给他带来了运气。"

"这真是一个怪习惯。写《三个火枪手》的，是父亲还是儿子？"

"是父亲。"

“我也这样猜……”

“什么？”

“我觉得这更像一个父亲写的书。”

暮色涌入房间，我心想，《中介》字这么小，他怎么还能做笔记。我点亮一盏灯，放在餐具橱上，开始打开书包，拿出我的东西。

“……因为对亚历山大·仲马来说，他儿子的书，应该没那么成功，没那么有教益。他写了些什么书呢？”

“我想不起来了。我想有《黑郁金香》吧，还有《茶花女》，这是一个女人和花的美丽故事，有爱又有病。”

然后，我看着爸爸又沉浸到《研究员与收藏家之中介》里，这是他创办的一个广告小杂志，让形形色色的收藏者彼此接触。我欣赏父亲的地方在于，他自己也用这份杂志向他的某些旧货爱好者推荐能满足他们要求的商品。他在城里有一个仓库，储存着大量等待交付的旧货。那就是他从我爷爷手里接下来的“加拿大”，一个在我脑子里大得像传奇的国度。我从来没到过那里，不知道为什么爸爸把那地方叫作“加拿大”。但我所知道的就是，我见到那里的时候，将是我部分生活开始的时候。

“爸爸？”

他从杂志里仰起鼻子。他的蓝色眼睛有点潮湿，我总觉得他好像要流泪。

"什么？"

"你父亲对你，就像今天你对我一样吗？他监督你的学习吗？"

他套上他的钢笔，满怀深情地看着我，在空中画了一根长线：

"他刚好在战前从波兰来到这里，一恢复和平，他就开始卖旧金属了……这事儿一开始运转起来，他在'加拿大'就忙得顾不上我了……"

"那么你完全靠自己成了学霸？"

他屏住气，点点头，我不由得十分佩服。

"爸爸，告诉我，你很爱你的父亲吗？"

他不大好意思，尴尬地笑了笑。他又打开钢笔，我想，他又要像鱼儿脱钩一样避开我了。

"我不知道我是不是真的了解他……今天，当我想到他时，我在想他是不是真的存在。你相信父子之间真能互相了解吗？"

他的目光看起来十分严肃。一种非常庄重的气氛，仿佛一场哲学的风暴悬在空中。

"是的，爸爸，我们、我们不是互相了解吗？而我的同学哈依沙姆，对他父亲，了解得跟了解他的棋盘一样……"

他思考了几秒钟，好像难以置信地在追溯时间。

"对，你说得对，我们，我们互相了解，互相了解。"

可他的神态不大信服。

"我还有两个问题，不过没那么重要了。"

"好，问吧。"

"嗯，第一个问题，我不知道老师们要当众买卫生纸的时候怎么办……"

"我在你这个岁数时，也有这个问题。我始终找不到答案。第二个问题呢？"

"我们今天吃什么？"

3

我对我的埃及同学和他的土耳其父亲确实非常崇敬，他们居然能够准确无误地记住多得惊人的国际象棋比赛名局。每天深夜，或白天一大早，他们都会复盘名局，比如1973 年巴基罗夫对谷费尔德，1953 年雷舍夫斯基（我亲爱的哈依沙姆最喜爱的棋手）对阿维尔巴克，或 1961 年对博比·费舍的棋局。哈依沙姆就这样在时间里漫游，在64 个黑白格子间多次周游世界。哈依沙姆对我讲评他们的攻防妙招，似乎我对这种被称为"王者的游戏"或"游戏之王"的复杂游戏能懂点什么。而我心里也想表现出这种水平。

"你看，"哈依沙姆低声教我，"雷舍夫斯基是个不显山露水的棋手。完全不可预料。他不喜欢协调，也不喜欢简明的局面；他喜欢出怪招，让对手完全摸不着门道！"

"啊，是吗……"

"就是啊！他还是尼姆索维奇防御的信徒，总是避免双兵的局面……"

我做出听得懂的样子，内行似的欣赏。

"你明白我讲的大致意思吗？"哈依沙姆问我。

"当然明白!"

我同学的眼睛在他的大眼镜后面微笑着。

他大概是装着相信我对这种复杂游戏能有所懂的样子,这种游戏比只有一个未知数的方程复杂多了,未知数也多多了。他的心肠可真好啊。

"你看,"他指着刚下完棋的父亲说,"阿维尔巴克就因为这步棋受到批评,因为马现在在 G3 位置上,他应该走 8……C5。"

"我也这么想……"

有一天我问他,重下一盘已经下过而且已经知道结果的棋有什么用。

"就像复习乘法表一样……"

"你说这话是为了激励我吗?"

"不,纯粹是为了比较……"

"你那位棋手怎么样?"

"雷舍夫斯基?"

"对,嗯,他在乘法表和多个未知数方程上应该没有问题……"

"确实,他 6 岁的时候,就已经同时跟 20 个成年人下棋。人家把他叫作'解困魔鬼',因为他那种能摆脱绝望处境的生存本能。"

"是个专家……跟亚历山大·仲马一样。"

他微微一笑，我怀疑自己又说了傻话。

"可以这么说。可是你的亚历山大·仲马，他最喜欢的是大吃大喝和追逐女人！"

我不敢说反对意见，因为我缺少资料，不过我暗下决心要核实。我试图缓和他的说法：

"尽管如此，他也喜欢写作……"

"是的，当然，他也写作，但没那么喜欢。"

"应该说，没那么有趣！"

我们来到数学教室门口，靠墙排着队，让上一节课的人出来。我用眼睛寻找玛丽·约瑟，只看到她浓密的卷发遮着脸，我想她确实比我高得多。她保养得很好，线条清晰而纯净，身上没有一点多余的地方。我又想起爸爸教我讲卫生时常说的话：真正的保养和优雅是在脚上的。我低下眼睛，看见玛丽·约瑟穿着一双白白净净的袜子，笔直站着。

跟她一比，我觉得自己一塌糊涂，无地自容了。

一进教室，老师就发给我们一张带图形和问题的纸，我立刻就发现这很难。昨天晚上，我是在啃克虏伯教程和各种报纸中度过的，因为要回答父亲关于 1901 年巴黎—柏林拉力赛有哪些创新的问题，可是什么也没有找到。后来睡着了，压根忘记了复习。我以削铅笔开始，使自己进入状态，接着我读题：

画一个以 A 为顶点的等腰三角形 ABC，设 E 为 A 的与直线（BC）相关的对称点。设 T 为从 B 到 A 的平移线，通过 T 即 C，找出 E 的图像。

死棋，绝对死棋。我又想起我可敬的埃及人跟我说的棋手雷舍夫斯基。我真想像他那样做一个"解困魔鬼"，具备有效的生存本能，使我能战胜各种各样的三角形。可惜事情不是这样。为了消磨时间，我故意把我的金属尺掉在地上，惹得大家有点生气，也使我们的瘸腿老师不高兴。

"维克多，你得换个位置……拿上你的东西，坐到……那儿去，玛丽·约瑟旁边。至少我肯定你不会那么分心了……"

当我坐到玛丽·约瑟座位旁边的时候，我想对她笑笑，可是她的眼睛盯在她的试卷上，上面满是纤细规整的书写，跟她的袜子一样干净整洁。我呢，我却希望她最好不要看我的书写，也不要看我的袜子，因为到处是洞，而且没有松紧带。后来，我大概有一点儿分神，当我重新把眼睛投到桌子上的时候，我看到一张有图画字样的草稿纸：

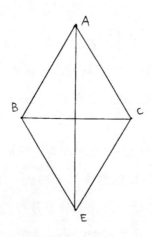

ABC 为以 A 为顶点的等腰三角形，所以 AB = AC。
E 为 A 的对称点，与直线 BC 相关，所以 AC = EC，
AB = EB，EC = AC = AB = EB。ABEC 构成菱形，所以
也是一个平行四边形。那么 T 即 C 便是 E 的图形。

这个图，我压根画不出来。我向四周看看，想猜猜谁
有这么好心。但没碰上任何目光。坐在教室最里头的哈依
沙姆不会跟这事有关，他已经摘下他的大眼镜，目光望着
远处的地平线，那神气仿佛一只从巢里掉到地上的大鸟，
既脆弱又不朽。于是，我停止瞎猜，心想以后再猜吧，就
专心地重画这张图。

课间休息时，我想问玛丽·约瑟这奇迹是否来自于她。可是我没能找到她，她并不是跟其他女孩一样在厕所里磨蹭的人啊。我向她更有可能去的资料室走去，那是一个能找到任何东西的图书馆式的地方，但从我的角度来说，我从来也没有对那里指望过什么。在电视里我曾听到，有人有时把这种地方叫作"文化的殿堂"，可我对殿堂，还有文化，都宁愿敬而远之。

　　她也不在那里。我装作来找资料，就随便翻开一部大词典。

　　伽梅利花（即茶花）：植物学家林奈为纪念伽梅利神父给一种灌木所取的名字。该灌木卵形叶，有光泽，四季常青，花型宽大。《茶花女》，小亚历山大·仲马的小说。

　　我很高兴找到这条信息，心想，小仲马肯定是为了纪念他父亲而选择了这种花，他父亲花了这么大精力写了这部很有教益的、还拍成了电影的《三个火枪手》。这不是一个忘恩负义的儿子。我发誓要把这条信息告诉爸爸。这总算能证明，某些重要的东西，会由父亲传承给儿子。当我把词典放回去的时候，看到玛丽·约瑟正在把一本书还给资料员。我等她出来，跟着她，我想追上她，可是那一群夹紧屁股的姑娘们正等着她呢，我的冲动只好胎死腹中。

　　那天的最后一堂课是解剖牛眼睛。我们被分成两人一组。哈依沙姆拿解剖刀，我做记录。我试图碰上玛丽·约瑟的目光，但没用，因为我明白，她在剖她的牛眼睛，而她自己的眼睛却不抬起来。然后，杜布瓦先生给我们画了几张草图，显示牛怎么看东西。我记得他画了一列小火车在牛眼睛对面。对于我们，功能作用是一样的。在某个时候，玛丽·约瑟提了一个很精确的问题，可是因为那些词语太复杂我没能记住。杜布瓦先生显得很吃惊，玛丽·约瑟作了解释：

"因为我父亲是医生，所以有时……"

下课后，我装作在走廊里溜达，让她走在前面，而我跟在后头。我碰上了吕基·吕克，感觉事情要泡汤了，因为他朝我走过来，一般而言，这不是什么好兆头。我寻思最好能做点什么，但即使我这么聪明，也没找到能做的事。人家一眼就能看透我。是不是有人向他透露了几何奇迹，他在怀疑我呢？

"你好吗，维克多？"

他口气很友好，使我稍感放心，但他却显得不开心。

"很好，您呢？上星期天，您的运气不佳……下坡路上的那些石子，简直不可原谅！"

他耸了耸肩。

"我有点事情要问你。"

"哦？"

"告诉我，你的《三个火枪手》，是亚历山大·仲马父亲还是儿子写的？"

他抄着两只手，目光好像等着重大答案揭晓。

"当然是亚历山大·仲马父亲。他儿子，主要写了些患病花朵的故事。"

"啊，好……好个古怪的家庭。"

"您怎么问我这个？"

"因为阅读需要一些大空间……"

我想到我可敬的埃及人表述时的象征法，总是让人不能一下子明白，猜想这是不是有点传染性。

"那么，您在语言方面也有弄不明白的地方？"我问吕基·吕克。

"你的，你的……我明白。首先，你没有必要在走廊里溜达……"

我赶快跑开，因为我不想事情变糟。跟当官的打交道，不一定总是好事。

一到外面，我就用眼睛找玛丽·约瑟。她的影子已经走远了。她独自走着，这不常见。如果我要抓住机会，就得加快脚步。

我在她后面 20 米停住了。她转过头来，我已经喘得像头搁浅的抹香鲸。因为起风，她的卷发在脸庞周围飘舞，使人觉得，正是这阵风让黑夜降临的。

"你也住在这村里?"她问我。

"在村口,就在车库后面。难得你没跟你的女伴们在一起。你好像跟她们很谈得来。"

"我主要在学校里跟她们来往,在外面不怎么……我觉得她们……"

"她们夹紧屁股?"

我用手捂住嘴巴,因为我明白我刚说了一句很不得体的话。我脸红了,自己都觉得吃惊,我想拔腿就跑,可是我还在猛喘气。她反倒笑了笑,不过只一丝笑意而已,好像在寻找答话。

"我要是没说这话就好了,不过说不说都差不多。"我心想。

我们继续默默走了一段路,过了村子前面那些大房子,突然间,我开口了:

"说真的,我为等……等……"

"等腰三角形?"

"对,等腰三角形的答案谢谢你。"

"你没必要对我说谢谢,因为这跟我无关。我甚至不知道你作弊了……"

刚好走到教堂前面,而我不知道这事儿怎么下台,于是就说:

"那就没有别的解释:是个奇迹。既然出现奇迹,就得谢谢上帝。我不大有这习惯，但应该。"

我突然走进教堂，跪在跪凳上，轻声念着我自己献给几何学家和三角形、等腰三角形等的指导老师的祝词。玛丽·约瑟的身影像中国皮影戏一样框在大门里，仿佛古代的显圣，而我的祝词则像教堂里洗手礼的水声。

一出教堂，我就有了与这灵感爆发相称的尊严。

"你比我想象的更有趣。"她若有所思地说。

尽管天色暗了，我还是看见她露出一丝奇怪的微笑，不知道是不是带点儿嘲笑，或是忧伤，或者两者都有。她突然站住，指着一扇门。

"喏，我到了。"

"哦，奇怪了……"

"有什么奇怪的？"

"不是吗，你父亲……他是医生，可是没有牌子……"

"首先，并不是所有医生都挂牌子，比如在医院里工作的……再者，我父亲不是医生。"

"那你为什么骗杜布瓦先生？"

"我有没有问你，恰好午饭以后，你为什么堵住女生厕所，而且把卫生纸藏在洗手池底下？害得我们整个下午肚子痛！"

我耸耸肩，问她：

"那么，答复学监询问的，不是你吗，你肯定？"

“我当然肯定。我怎么能干这事呢？你说。”

她用一把大钥匙打开了门，我当即看见一个大院子，几乎是个公园。她刚要进去，却转过身来，对我说：

“如果你愿意，哪天可以来我家里学习。”

我受宠若惊，但“学习”一词，还是让我有点烦恼。

* * *

当天晚上，我让爸爸自个儿在他的《研究员与收藏家之中介》里孜孜矻矻地研究。他有点吃惊，因为习惯上，星期五晚上我是帮他在那份杂志里做订货和交货记录的。我跟他说，我要做重点复习，我知道他对这事很重视，甚至是鼓励的。我们约定第二天上午开着潘哈德车上路。

我首先翻开词典。

奇迹：源于拉丁词 miraculum，“奇观”“惊人的”。人们认为显示神灵善良干预的被赋予智慧意义的非凡事实。

我觉得，词典中对“奇迹”一词的释义有些夸大，但总的来说，我同意。无论如何，我自己肯定不是神迹的证明。我把抽屉里的书全部拿出来，包括上一年的。我的视线落到一本小册子上，那是因为我学习有困难，我爸爸带我去见的一位太太给的；但那事儿很快就中断了，因为我们第一次见面以后一个月，她就搬家了，后来再没有见过她。爸爸说这跟我没有关系，肯定她早就计划搬家的，可毕竟……

在这本小书开头，那些专门对别人的困难进行研究的作者们列出了一个调查表，让像我一样的学生知道自己的程度；他们出于好心，建立了这么一个信心指标。那晚我花了一些时间回答那些问题，问题显得有点像游戏。然后，我根据获得的分数，把自己归入下面的某一类：

15/20—20/20：你对功课理解得很好，了不起！直接通过练习。

8/20—14/20：你有一些困难。标出你的错误，在没理解的功课和批改过的习题上用功。

0/20—7/20：你有很大困难。在功课上彻底用功，做完所有批改过的习题。

我属于"有很大困难"的，我必须"彻底"用功，做完"所有"练习。这个总结立刻让我觉得很丧气，可是却又承认。我翻了一下小册子的目录，有余弦、图上距离、平移、圆锥、比例关系和其他问题，夹着许多没法说的名词。我把小册子一甩，在我的电吉他上摔成了薄饼。从哪儿着手争取进步呢？我问自己。我好像在一艘四面漏水的船上，没有足够的手指去堵漏。我甚至没有能力解决有关1901年巴黎—柏林拉力赛有哪些创新的问题。我又想到雷舍夫斯基。哈依沙姆曾告诉我，这个棋手很神奇，他的成长没有教练，没有训练方法，可是他的才能把一切都补上了。我也一样，我没有训练方法，没有教练，可是我没有能使我补上一切的才能。我呀，我不是"解困魔鬼"！只有一个奇迹能使我走出困境。我寻思，如果玛丽·约瑟叫我到她家去用功，我该怎么办。跟哈依沙姆在一起，那是不一样的。我不止一次地闹笑话，但没关系，他有高贵的灵魂，他从不评判而总是陪伴。自从我跟他说数学老师右腿上带着个死娃娃，可能是因为这个她才瘸腿的，他就对我格外尊重了；可是，玛丽·约瑟能跟我那高贵的埃及人一样，具有理解他人的才能吗？

* * *

"其实，是我没到那个水平。"我对正在给潘哈德车变速箱打火的父亲说。

上午一大早，我们将车开上通往南方的国道。我们离开了郊区的碎布窗帘，沿着一大片森林前进。树木向空荡荡的天空伸展着光秃秃的大手臂，在宁静的早晨显得格外醒目。我带着克虏伯教程和跟潘哈德车有关的笔记资料。

"什么水平？"我父亲问。

"总的水平。在去年匹克太太给我的那本书上，人家说得很对。你还记得吗？那位在我见过后就搬走了的好心太太！她叫我做测试。这不，很清楚，我根本不够水平。在这本书里他们很亲切地描述，顾及像我一样的懒笨孩子的面子和尊严，防止我们失去意志和勇气。尽管如此，正是因为这种好心，让人感觉我们被看作蠢货……在期末考试的时候，我得有永远毕不了业的准备，除非出现一个奇迹……"

"一个什么？"

他皱起眉头，好像没全听懂，似乎我在说一种外语。

"一个奇迹，要是你喜欢，也可说是一种神灵参与。"

"也许你比别人需要更多的时间；如果你因为落在后面就马上泄气……你肯定能找到翻盘的办法……"

"这不是一个体育问题！你知道象棋棋手雷舍夫斯基，6岁就跟20个成年人同时下棋，而且把他们都打败了吗？他完全没有教练啊……"

"那怎么啦？"

"可是我，我连多米诺都不会玩。"

"你没有学过嘛……"

"问题就在这儿……你记得吗……扎克叔叔已经教过我下棋，可是我连马都不认识……今年夏天，哈依沙姆也想教我入门，还是没办法……我觉得里头对角线太多……而马的走法实在难以把握。"

"不会下棋的人多的是……"

45

"可是我在所有问题上都这样：余弦、平移、圆锥体、尼斯气候，甚至于拼写——今天，我把 prodigieuse 写成了 prodichieuse。我知道，肯定有什么事情不对劲儿。"

这时候，我们穿过一个全是石头房子的小村子。一些大招牌上标着"甘薯"的农场还在睡大觉。

"你看见了吗，"爸爸说，"他们骂我们呢!"①

我起初微笑了一下，到出村时，不由大笑起来，爸爸也大笑，而且笑个不停。

潘哈德车在早晨的寒风中一弯一拐地走着。突然，一群全身五颜六色的自行车手超过了我们，他们在车垫上颠簸着屁股，累得满头大汗。爸爸打开了车窗。

"懒汉!"爸爸吼叫道，"资本家!"

他猛踩了一脚油门，潘哈德车冒出了几点火花。

这是一个大玩笑，尽管我不太懂得"资本家"一词的意思，但是我想，它应该跟"懒汉"有大致同类的意思。接着，爸爸打开收音机，正是滚石乐队②十全十美的摇滚歌曲《满意》。听到爸爸试图模仿米克·贾格唱歌，真是有趣。

潘哈德车在一个小村子里停下来，我们下车，坐到一个咖啡馆里。我欣赏地看着爸爸有力地跟老板握手，那人

---

① 法语甘薯一词含有"傻瓜"之意。
② 1962 年创建于伦敦的摇滚乐队。下文的米克·贾格是该队的著名歌手。

应该是爸爸的一个顾客，因为爸爸对他说货还没到。我不知道指的是什么货，但这话并不叫我吃惊，因为他经常在电话里跟顾客这么讲。我点了一杯热巧克力和一片面包。我看了看记事簿。我要是对潘哈德车的运转更注意点就好了，因为归根结底，是为了验证车子早晨在公路上走得正常。这台潘哈德车，要是放开缰绳跑两分钟，它就会出轨。这是一部娇气的车子，在不可靠方面很有名，而且总是乱放屁。它的致命弱点在排气消音器。

"我感觉，"爸爸端着个盘子从柜台走回来跟我说，"排气管的声音有点怪……"

"有点爆音？"

"对。"

"我注意到了。"

我喝了一口巧克力，然后开始翻阅克虏伯教程。

"我看，"他说，"得换掉那个气缸。"

"你得检查一下操纵杆套圈是不是太松。因为上次，对不起……"

"呃，你有胡子了……"

他笑了笑。我用袖子抹抹嘴上的胡子，也笑了起来。

"爸爸，你看，问题在于我整个全糊涂了。"

"全糊涂了？"

"有一天我也是这么想的，那天数学老师让我坐到班

47

上一个女孩儿旁边。"

他又笑了笑。

"那么，她没有你糊涂吧？"

"她一点也不糊涂。相反，她很清楚。连近视眼看着她都会好起来。你知道是什么原因把我送到这条路上的吗……"

"不知道。"

"咳，是她的袜子。"

我们沉默了几秒钟，我又说：

"爸爸……"

"什么？"

"你得给我买几双又紧又高的新袜子。我真的相信，有相称的袜子，我会在学校里更有出息！可是，告诉我，爸爸，你在我这个岁数肯定很帅吧？"

他想了一下。几个猎人走进了咖啡馆。

"超帅。我打着领带，穿着背心，还有鹿皮鞋。"

我父亲觉得，漂亮，就像一本护照；要是我一直保持这种爱好的祖父在刚到法国时，不打扮得像个绅士，就永远也别想融入这个国家。

我试着想象自己在校园里出众地美，这使我很激动，因为想起过去因此错过的事和一些将来会出现的事。

"那么，你的奇迹，就在于袜子？"

"在某种意义上是。"

我们重新坐上潘哈德车，又上路了。爸爸以极其灵活的动作操纵着变速杆，几乎像是抚摸。

然后，他又放起了滚石的音乐。

4

随之而来的那个星期我终于确定，我的算术奇迹名叫玛丽·约瑟。

在那个星期，我甚至接受她跟整个这件事毫无关系的想法，我甚至猜想自己不知不觉写出了那个答案；历史上曾经有比这更惊人的事情，我脑子里举不出例子，但我知道，课堂上有一种想法突然来到我脑子里。

但在老师把试卷发下来的那天，我确定无疑了，一切都清楚了，因为玛丽·约瑟的分数不如我。而这，是不可能的，从科学上是不可想象的，有没有神灵干预都一样。我理所当然地受到祝贺，简直是个大喜的日子；我既激动又感动，我最终把这种赞扬当了真，似乎那是应得的，但也伴随着某种不安。全班人都看着我，给我深刻的印象，因为任何人都似乎毫不怀疑；连哈依沙姆都走出了他的冷漠，以求不错过这一重要时刻。一种非常温柔的微笑浮现在他平静而充满信任的大脸上。我的心因为激动跳得很快。数学老师都停不下来，这简直变成了一枚真正的荣誉勋章，就好像我摘下了几何的月亮。我觉得她有点夸大，但我真的好久没有得到夸奖了，而我更希望将它们都预支掉。当她把试卷还给玛丽·约瑟时，还拿我跟她相比，我第一次听到她有点幽默：

"你看，你甚至比玛丽·约瑟考得好，她最后那道题出了个大错。因此，我肯定你没有抄袭！"

只是整个这件事并没有结束得那么完美，因为下课时，老师瘸着腿向我走来，对我说：

"现在你没有什么可推脱了！你已经证明，你可以只用一点功就取得完全的成功。所以，我相信你，嗯?"

她的眼睛直盯着我。她还像在古代仪式上一样庄重地加上一句：

"所有人都相信你!"

我从这件事上得到的感觉是，我的钢笔尖上牵系着人类的命运，而我想到的唯一一件事是，这下我可完蛋了。我想跟玛丽·约瑟谈一谈，但她跑掉了，不见了。在走廊里，我感觉是从一场拳击比赛里走出来。我举目寻找艾蒂安和马塞尔，他们是我过去创建的摇滚乐队的另外两个成员，他们应该已经在院子里打球了。

在楼下，当我小心翼翼地走过吕基·吕克的办公室时，偏偏碰上了他。这下，他给了我致命的一击，因为他给我雪上加霜。

"漂亮的冲刺，好小子，漂亮的冲刺！我知道了你的成功。你这下穿上黄色领骑衫了①！没说的，祝贺你！火

---

① 环法自行车赛中最优者才能穿黄色的运动衫。

枪手的一剑!"

他把一只手放在我肩上,似乎他真的为我骄傲。

"我希望你很满意!"

"是的,先生,很满意……"

"我知道我们可以相信你,我们在教学上花的功夫没有白费……"

他竖起大拇指。

这太过分了。我直奔卫生间,因为强烈的情绪占据着我的心,而我不想在众人面前发泄出来:我有我的尊严。我把自己关在一间厕所里;自从我藏起卫生纸以来,一直都有位置。我大哭一场,发泄之后,觉得好多了。我决定在洗手池上做个小结。我曾经经常希望这样一场赞扬向我涌来,这种赞扬应该有点像珍贵的圣诞节礼物,而现在,它来了,我却完全转过身去。因为它牵连着我的敏感神经。还有,得预想到这种情况产生的问题,因为从此我就背上了一种责任。以前,我只要做得跟毫无价值的人相称就行了,很轻松,而现在,所有人都在看我的成绩。我很可能让人失望,而一旦把别人的失望背在身上,那就是彻头彻尾的焦虑,因为这绝对没多少希望。我渴望认输,去找吕基·吕克,告诉他,这一切都掺了假,我可耻地舞弊了,什么都指望不了我。我的好学生生涯在烦恼和懊悔中开始得很不好。我一边拔起放水塞,一边想,怎么一到我身上，最后一切都变得滑稽可笑？

在院子里，我看见了艾蒂安和马塞尔，他们正在踢边锋，因为他俩都是左撇子。他们是两兄弟，自从我知道有一个地铁站名叫艾蒂安-马塞尔以后，我就叫他们"地铁"。他们弹贝斯和打鼓，真是好搭档。而我不太看重他们的音乐效果，就把他们吸收到乐队里。为了给我们的乐队做洗礼，我在爸爸买给我的旧电吉他上敲碎了一瓶苹果汁。他建议我们的乐队取一个响亮的名字，叫"希格诺尔"①，甚至同意我们在院子最里头的工作间里演奏。我不大知道他取这个名字的念头是从哪儿来的……希格诺尔……我寻思是不是对我们的水平抱太高的希望呢，不过，好吧……

有一天，我们给音乐老师送去了一盘我们最好作品的样带。他表扬了我们的主动性，但据他说，带子上存在一个技术问题，因为他只听见金属敲击声和吹气声。

"真奇怪，"他有点尴尬地对我们说，"我觉得你们是在铁匠铺……或……飞机跑道上录的音！"

我们拿回了录音带，我们肯定让老师发愁了，因为艺术家都是敏感的。

放学铃响之前，我问艾蒂安和马塞尔对我现状的看法。当然我没有提到玛丽·约瑟可能是整个这件事的始作

---

① Chignole，意为手电钻或小白鹤。

佣者，我觉得自己够可笑的了。艾蒂安说，我确实成了那位可敬的埃及人所说的"解困魔鬼"，我应该继续作弊，保持我已经达到的优秀成绩。我耸耸肩。

"这不可能，我太笨，没法有效作弊。去年，我曾试过，结果我被罚课后留校，打扫学校的所有厕所。算了，谢天谢地。而且，我顾虑太多。难道你没有？"

"没有。"

马塞尔抬起眼睛看看天空，建议我只需努力取得问心无愧的成功。当然，我在洗手盆上做了结的时候，就已经打算这么做了。

"我落后太多了。我一进入学习，它就变得像中文那么难。比如，要是我今晚再读上午生物科学课上所讲的有皱青豌豆和光滑青豌豆，我肯定不知所云，什么也不懂了！"

"所有伟大的摇滚音乐家都有学习困难的特点。"艾蒂安满含哲理地说。

出于难以明言的尊重，大家陷入一片沉默。

"而你正是一位伟大的摇滚音乐家。"他没话找话地又说。

＊＊＊

　　课后，我去告诉哈依沙姆我不去看下棋了，因为我有更紧急的事要办。

　　"真遗憾，"他说，"我正打算让你看看西西里防御的奥秘呢……"

　　毫无疑问，全校的人都在想方设法嘲笑我。我装作一无所知。我回答他：

　　"也许明天来吧。"

　　"不可能，明天是星期六。"

　　"怎么呢？"

　　"因为要做沙巴。我们可以什么都不做。"

　　"可是你是埃及人，一个可敬的埃及人，而你父亲是土耳其人，伊斯坦布尔的土耳其人。"

　　"是伽拉塔的，请注意。那又怎么样？"

　　我没法做出令人满意的答复，无论如何，我的脑子转到别的愁事上去了。哈依沙姆打开小屋的门，他父亲戴着土耳其帽，正在揉面做面包。临关门之前，哈依沙姆还对我说：

　　"我觉得，你急着要离开学校，这跟你今天的成绩有关。"

　　他用透视射线一样的眼光看着我，他肯定看到了我的五脏六腑。

"那又怎么样？"我针锋相对地回答，未加思索。

他慢慢低下头，好像说，回答得对。这不禁让我背上一阵寒战，因为我觉得我的成长是靠了他的。

我一口气跑到村口，怕错过了她。我没有耐心为弄清这件事而等上整个周末。我想再次走进教堂，祈祷她独个儿来，可是我想，这么短的时间内两次这么干会显得可疑，因为上帝对仪式是很敏感的。我宁可抄着手干等。当她披着满头泡沫似的鬈发独个出现时，我像一架驱逐机突然降落在她面前，把她吓了一跳。

"你吓我一跳。说吧，怎么啦？"

"不行。"

"哦，为什么？今天这么多人赞扬你还不好？"

"正是。"

"你怎么回事？说明白点儿。"

我感到神经紧张，但我得控制住自己，要不，她会把我丢在这儿，直接回家去；而且，爸爸曾告诉我，要学会严谨清楚地说明情况，这是生活中必须具备的两条重要品质。我注意到她摘掉了大戒指。

"别装糊涂了。你很清楚我现在多难堪。"

她在面对教堂的板凳上坐下。

"那你说吧，快点，我要回家。"

"就那事，今天我的成绩比你好……"

"是呀，我最后一道题出错了。"

"你别蒙我……今天你们大家都留校了……我知道是你把做好答案的试卷给了我，而且你故意出个错让人迷惑……"

我严肃地抄起手，却害怕地绞着腿。

"我为什么要那么做？就算是这样，那又有什么问题，既然你的成绩是班上最好的？"

我搜索着词儿，想找出一句跟我感情水平相称的答语。我的目光落在教堂顶上不断随风转向的风向标上。风暴警告，我想。玛丽·约瑟突然站起身，我急忙碎步小跑地跟在她后面。

"所有人都以为这一次是我的努力得到了报偿。只有你和我知道，这只是一次'陪同驾驶'，这整个就是一个骗局。连吕基·吕克都祝贺我，我相信我爸爸也会知道。"

"那又怎样呢？"

"这会使我让所有人失望，会让我焦虑不安。命中注定，我绝不可能重新达到这个成绩。从下次测验起，我还会掉到最低，我一定会被揭穿……"

"除非……"

"没有任何除非……我必须立即阻止你：千万别再叫我舞弊……喏，原来你知道，是你……"

"就算是吧。不过我并不想让你……"

她放慢脚步,我明白她到家了。可是我不想让她就这么走掉了。我站在她的家门前,又把手抄起来。

"说清楚,是你,不是你?"

她很平静地在她的包里找钥匙,红棕色的鬈发遮住了她的脸。

"对。是我。"

奇怪,这下我无话可说了。

她微笑地看着我,同时却噘着嘴。

"可是你干吗这么做?你看我现在是什么状况?就像非洲的饥民:如果你马上再给他们一顿美餐,他们会立即鼓掌。我的情况也一样,本来是应该慢一点给的。"

"我没有想到。我的意思,尽管如此,我并不是作弊的人……也不是做事不考虑的人。"

有几秒钟,我在寻思这理由算不算充分。苏联红军已经整团整师地在我大脑里登陆了。

"我得回家练提琴了……如果你愿意,可以来听我拉琴。"

我差点说我也是音乐家,但我忍住了。我好奇地想跟她的提琴相识。可是爸爸可能会担心,而我又会因他的担心而担心他,而一旦我们俩彼此担心,我就会更烦恼。但我还是跟着玛丽·约瑟走了。我们顺着一条鹅卵石路穿过大花园，在许多不同种类的大树间蜿蜒而行。在某一刻，她悄悄对我说：

"对了，得谢谢你把卫生纸放回了女厕所里。"

* * *

那天晚上，我想着这一切。我的脑子好像个大南瓜，爸爸以古怪的表情看着我。我只剩把体温计塞进怀里，躺到床上的力气。当爸爸问我怎么弄成这个样子时，我只简单地回答他：

"因为人家一下子给我喂了太多的东西……"

由于他没怎么明白，我又稍作解释：

"我得了个全班最高分。"

不料他已经知道了，因为他碰见了吕基·吕克，后者在自行车上跟他聊起来，他们一起回顾了我的情况，像这样，总算心血没白费。

最后，他对我得了好成绩还这么难受感到奇怪，但他还要为潘哈德车忙活，于是他总结说，因为我从来没高兴过，而且幸福实在是件复杂事儿，就让我自个儿消受吧。反正我不用进一步提供细节了。

我回想起在玛丽·约瑟家度过的时光。我在那里消磨了一个半小时，听她用大提琴演奏维瓦尔第、巴赫和一个从来没听过的叫什么马林的乐曲。最后，她放下琴弓问我：

"你也喜欢音乐吗？"

"是的。"我说。

"古典音乐还是巴洛克音乐？"

"巴拉克？什么巴拉克？"

"巴洛克，不是巴拉克。"

我为这害人的无知脸红了好一阵。

我不知道有什么区别，巴洛克对我来说实在是没有价值，我甚至猜想这是不是一个圈套。古典音乐，好像更显得……古典一点。

"我喜欢古典音乐，因为你看，另一个……"

"特别喜欢哪一部呢？"

我绞尽脑汁想。这不是玩把戏的时候。不知为什么，我想到用去年死去的兔子做的炸肉丸。炸肉丸莫扎特。[①]

"莫扎特，我喜欢的，是莫扎特。"

我松了一口大气，笑了笑。

稍后，我心想，得好好找找资料。

"特别是哪一首作品？"

"哦……差不多全部。我是一个莫扎特迷。"

她用一种很像蜡的奇怪物质去涂她的琴弓。

---

① 法语炸肉丸 croquette 与蹩脚音乐家 croque-note 读音相近。

"那是什么?"我装作感兴趣地问。

"松香。为了增大琴弓跟琴弦的吸附力。"

那动作就像悠长的抚摸。

我站起来,好像腿上有蚂蚁。我去浏览按字母顺序排列在书架上的书。我很快发现有许多关于眼睛的书,《视神经解剖学》《视力病理学》《关于失明的知识》等,真奇怪。还有一些书名很复杂,使人以为是科幻小说。我问她:

"奇怪,这么多关于眼睛的书。你怎么会对这个感兴趣?"

"为了我的报告。"

"你的报告?"

"是的。你知道,我向法语老师建议在班上做一个汇报,介绍海伦·凯勒谈她生活的那本书。"

"那跟眼睛有什么关系?"

"海伦·凯勒是一个美国人,她在18个月时就失明了,后来却成为一个很博学很有名的人,有一个竭尽全力挽救她的女老师……这就是她的故事,当然是粗略的。如果你想看,我可以把书借给你。"

"不,谢谢。我有《三个火枪手》就够了。以后也许,10年以后,等我读完……其实,有些事使我烦恼……你知道吗,亚历山大·仲马先生,嗯,他真的最喜欢大吃大喝和追逐女人吗?"

“我相信是真的。”

我有点失望。我甚至希望哈依沙姆错了。可是，可敬的哈依沙姆从来不会错。

“所以，为了你的报告，你就需要所有这些书？”

“当我从事某项任务时，我喜欢多查些资料。”

“注意，你对眼睛和瞎子感兴趣是正常的。”

“为什么？”

“因为许多瞎子也是很优秀的音乐家。你跟他们有共同点。”

她耸耸肩，脸加倍地阴沉下来，我真正感到又犯了一个大错。但应该说，在我的生活中，这种感觉是常有的。

房子里静悄悄的，时而听到树木的爆裂声。

“你一个人吗？你父母不回来？”

“他们回来，但要晚些时候。我常常一个人，因为我父母是艺术品专家，艺术品拍卖估价商，所以他们经常不在家。”

“那是什么？警察局的什么工作？”①

“不是。你知道：一——二——三——成交！”

她朝桌子打了一下看不见的锤子。这个，我在电影里见过。

我们几分钟没说话，我心想，无论如何得找个话题。

---

① 原文 commissaires priseurs（艺术品拍卖商），第一个词语又有警察局长之意。

我马上撇开了音乐话题，因为我实在不够水平。哦，对了……我千万要记得对"地铁"说，对我们的音乐成就要保持谨慎啊。我越想找话题，就越是找不到；最后我想，也许最好是告辞了，因为情况真的会变得很尴尬。她放好她的大提琴，坐在床上，眼睛紧盯着我。

"我想向你提点建议……"

我直觉地感到头缩进了脖子里，好像要订一个可疑的条约。

"哦，什么建议？"

"是这样，我本来想帮助，却给你造成了困境……"

"是的，这也来自我自己；要轻松地学会这一切，对我太麻烦了……"

"你知道我是个好学生。"

我耸耸肩。

"大家都知道。"

"我爸妈让我做过测试，我记得结果。心理学家的话还刻在我脑子里：'Q. I. 远高于……'"

"Q. I. 是什么？难以置信的品质吗？"①

"智商，傻大个，你脑子里的东西……我的智商远高于平均水平，有难以想象的记忆力和超群的抽象能力。"

我做出懂得评估的样子，但我不知道"抽象"一词是

---

① 法语原文为 Qualité incroyable。

什么意思，即使是"能力"的意思，我也难以确定。

"那怎么啦？"我说，"我不在乎。你不会也要给我一个个人简历吧？"

"我也不在乎，那不是问题。问题是，如果你愿意，我可以帮助你学习。"

"学习？"

"对，帮你复习，给你解释你没弄懂的东西，补上你落下的课程。"

我张大了嘴巴，感觉自己一下子穿过了彩虹的所有颜色。在我脑子里，那是一团理不清的乱麻，一切都互相混淆：雷舍夫斯基、亚历山大·仲马、莫扎特、马林、猫头鹰、茶花女、达达尼昂，甚至吕基·吕克、环法自行车赛。

我勉强找回答话的力气：

"让我想想。让我理理思路。"

其实，这话并不那么符合我作为一个"颠覆性的吉他英雄"式的艺术家当时的想法。

我披上外套。临出门时，我还是带点挑战地问她：

"如果我问你，在 1901 年巴黎—柏林拉力赛中，潘哈德 & 勒瓦索获益于哪些技术革新，你能找到吗？嗯？"

"我能找到。"

"对了，找吧，我的美人。"我一边想着，一边往家走，提前品味着我的胜利，"你想怎么找就去怎么找……"

5

学科	平均分	总评
法语	9	几周以来有进步，但维克多注意：居斯塔夫·福楼拜没在《新观察家》工作过，陀思妥耶夫斯基也没写《卡拉什尼科夫兄弟》。
数学	10	诸圣节会出现奇迹，但维克多还是请不要在试卷上签名"阿尔伯特·爱因斯坦"。
史地	8	维克多有所进步，但我寻思不知他从哪儿听说有关希腊人的"亚丁人的肿眼泡跟希腊人有关"。
地球生命与科学	10	维克多挺用功的，但我要求他放弃寻找透明化石，他对此似乎很着迷。不过至少那些在谋杀案中幸存的青蛙今年不会再抱怨他了。
生理和体育	5	我知道在基本耐力赛跑时你躲在梧桐树后面，因为你的帽子露出来了。
音乐	12	维克多在他的书桌上画了好些大提琴，这表明了他音乐趣味的新方向。但他唱歌总出错。

这是这一学期期末的成绩单。爸爸读着我的成绩单，我则踮着脚尖从他肩膀后面看。我暗想这成绩单到底会怎么样呢？因为自从玛丽·约瑟负责辅导我以来，我是如此专心于握好车把，以致从来不去看前进的方向，也不问自己在干些什么。我瞄准班上的队伍在追赶，尽我所能地接近它。我想起跟爸爸一起搬家的那段时间。墙壁要修理。我花了好几天去刷石灰，但我站得离墙那么近，一点也没发现自己整堵墙都刷斜了，只好重刷一层。

　　不管怎样，这毕竟是我第一张不太担心的成绩单。我开始用袖珍计算器来计算我的平均分数，以便对我的成绩更有底。爸爸轻轻冷笑起来。

　　"你怎么啦？取笑我？"

　　"还卡拉什尼科夫兄弟……你不害臊吗？"

　　他卷起成绩单，想用它来打我的头，我躲开了。

　　"卡、拉、马、佐、夫！不是卡拉什尼科夫！"

　　现在他真的完全笑了，两颗小泪珠挂在眼眶上。

　　"还有福楼拜在《新观察家》！怎么不在电视新闻上呢？"

　　"是扎克叔叔告诉我说福楼拜为那家报纸工作的。"

　　这话给爸爸脸上投下一丝伤感。我也一样，因为一想起重返我们先辈国家之路的扎克叔叔，我心里就发紧。

　　爸爸最后总结说：

"好了，这总算还不太差。你甚至得到了些勉励的评语。"

总的看，我倒同意他的意见。

"当然，除体育以外。"他又说道。

应该说，玛丽·约瑟和我都忽略了这个方面，我们一直在紧急的科目上下功夫。

"体育还是很重要的!"

他做出盘球的样子，真可笑。

"比如说，维克多，你知道，我年轻时是巴黎冠军足球队的。"

"哦! 你开玩笑吧?"

他做了一个大力抽射的动作。

"当然，我开玩笑! 但我知道，体育很重要。"

沉默了一阵。爸爸把成绩单还给我，然后收拾起散在客厅桌子上的杯子。他往厨房走去，突然转过身来。

"你母亲会为你骄傲的!"他冒出一句。

他继续走路。我听见他在橱柜里乱翻。

"爸爸……"他在厨房时我问他。

"什么?"

"妈妈，你很爱她吗?"

他没有马上回答。我感觉沉默挖空了这个屋子。我屏住呼吸。我听见他向我走来，我看见他蓝色的眼睛湿润了，高高地俯看我。我心里说："爸爸，如果有一天你不在了，我会留着你眼睛的蓝色来温暖我的心的。"

他装出沉浸在杂志里的样子，出于一种受伤野兽的羞赧，那是一种特别优雅的表情，我在学校里也感受过。

"是的，我很爱她。你还记得她走的时候吗？"

"不大记得。我只记得，那时候扎克叔叔从一次远游中回来，在我们家住了一段时间。"

"她走了，剩下我们两个。要是没有你，我就活不下去了！你明白吗？"

"我明白，爸爸。我明白生活低谷里的事情。"

简直庄重至极。为了缓和气氛，爸爸放了一个屁。为了同情他，我也放了一个屁，但更小。于是我们大笑起来。

* * *

然后，我拿上书包去复习功课了。下午玛丽·约瑟先陪我学习，然后"地铁"要来家里排练。我还没有把情况告诉他们，因为我有"颠覆性吉他英雄"的荣誉，他们纳闷我好些下午到哪儿去了。对哈依沙姆我也没说，但我相信他在怀疑什么，因为我可敬的埃及人总是怀疑一切的。我曾经犹豫很久才接受玛丽·约瑟的建议。我心想得看看她底下有没有什么圈套。我还没有完全信任她，因为她的袜子总是那么白，还有她那齐天高的才能，她那把像野兽一样难以驯服的大提琴；而我，我只满足于我这把破旧的吉他和我跟"地铁"一起奏出的声音。我们绝不会是同一个战壕的。玛丽·约瑟和我，我们不在同一个院子里玩，我看不出在我身上有什么使她感兴趣的地方。我常常觉得，在研究学者的显微镜下，我只是个干瘪的、意义不大的小动物。

我开始改变看法，是因为那天在我书包里发现了一张纸条，上面写着："1901 年 5 月，潘哈德 & 勒瓦索第一次装备了一台气缸盖上没有衬垫的发动机和一个三点机械悬挂系统。"我承认，我完全愣住了，因为即使在我每天晚上翻阅的克虏伯教程上，我也没有找到这条信息。当天晚上我问爸爸，他确认了。但我拒绝告诉他答案从何而来，因为我有我的尊严。第二天我还有点狐疑，还在思考这一切，恰好历史老师当着全班人的面问我：

"维克多，我问你，古腾堡，他发明了什么？"

我不假思索，这通常在生活中是一个大错误，当即回答：

"打印机！"

惊叹号，这表明我对自己有信心和对我答案的满意。当然，大家都笑了，尤其因为我好久没有闹笑话了。我也

69

丢掉了习惯。我想我又得挨剋了，但比挨剋更糟，因为老师又给我提了一个新的问题：

"是激光的还是喷墨的?"

* * *

开头几星期，可真是不容易。我得找回所有的旧试卷，把揉成纸团的试卷从废纸篓里翻出来。我向爸爸要了熨斗，用熨斗把所有的余弦弄平，把图纸展开，把各种图示弄柔软，然后挂在厨房晾衣绳上，爸爸看着简直惊呆了。

接着，玛丽·约瑟花了好几天时间研究我那些上了浆变硬了的试卷；她给我讲了她从一本书里看到的两个作家的故事。其中一个只有 17 岁，不会写小说。另一个岁数大得多，由于他很喜欢那个小的，就把小的关在他家的一个房间里，给他一箱纸和一瓶威士忌，命令他把写好的东西从门底下塞出来。当岁数小的写到足够数量的时候，岁数大的才让他出来。后来，小的突然死亡了。那个大的说，这就好比不用麻醉药做了截肢手术，痛苦太大了。玛丽·约瑟觉得这故事很有意思。我呢，我觉得，如果人家不乐意写书，就没有必要费那么大劲强迫他，或许正是这种强迫最终杀了他；我想到，亚历山大·仲马就没有必要让人把他关在房子里写作他的《三个火枪手》。但我一句话没说，因为我看出，玛丽·约瑟特别希望用这故事跟我们的情形建立联系，我倒觉得是一种鼓励。

于是，她把我安置在她书桌前的工作椅上，给我多得惊人的练习或复习内容，出门时她说：

"我不锁住你，也不给你威士忌，因为绝对不能照书上那么做……但要有这种心！"

代替威士忌的，是一杯石榴果汁。当我埋头于功课时，听到她在拉她的大提琴。无论如何，这让我震惊，她这样带着某种疯狂和热烈，越来越长时间地苦练她的乐器，她习惯于如此严谨，如此安宁，仿佛她的生命都有赖于此；而且，说实话，我也多少受到这种精神感染，不过当然，我是后来才知道的。时间一长，我觉得试卷上的线条变成了理解力，我在上面走着钢丝；而由于课后她常跟我讲她所喜欢的音乐家，最终我也似乎真正了解他们了，比如这位约翰·塞巴斯蒂安·巴赫，结了两次婚，生了 20 个孩子。玛丽经常怀疑，他怎么在这么多孩子捣乱的情况下，还能写出这么多音乐作品。

"归根结底，这就是一个具备各种才能的专家。"我觉得必须指出这一点。

"很奇怪。而且，你知道，他还有视力问题……"

"啊，是吗？我以为是贝多芬……"

"不是，他是耳朵问题，他聋得像个瓦罐。"

"区别不大……如果我理解得对，音乐家，都有残疾。"

"巴赫，他曾不得不做手术，但没效果，后来就彻底瞎了。"

她陷入了沉思。我说：

"在那个时代，到医院去让人给眼睛乱弄一气，应该不是什么好玩儿的。"

"对，但从那以后，他们应该取得一些进步。"

＊＊＊

于是，在那天，我一到她家，就在她面前展开成绩单，让她知道我们双双取得的成绩。从年初以来，她的头发又长长了，她看东西时，人家根本看不见她淹没在棕红色泡沫里的脸。

她微笑了，双唇间露出一排珍珠似的又亮又齐的牙齿。

"'亚丁人的肿眼泡'……? 等等……你不会这么大胆吧? 我不相信……雅典的鼎盛时期……是这个吗? 你在哪里找到这一切的? 人家也许几星期绞尽脑汁也找不到这么古怪的东西。"

"我费了好大劲从一张画里临摹下来的……我向你保证我本子里记了……我学了关于希腊的课文。"

"我们得庆祝一下这件事……"

我们下到厨房里，玛丽·约瑟往一个大长颈瓶里倒了一些石榴果汁，加上些饼干，放在一个托盘里，走进客厅。

"坐到那个长沙发里去。"

她从套子里取出大提琴，开始给琴弓擦松香。我看过一些骑士用同样有力的动作，用稻草刷马，防止它们感冒，我心想，大提琴可能跟马一样，是活的，容易生病。在一个乐谱架上，她打开乐谱，上面写满了划分节拍的复杂符号。我心想她怎么能在里头找到路呢。接着，她把大提琴放到两腿中间，开始用琴弓拉起来，似乎她现在要把它砍倒，或把它锯断。我花了好长时间努力去抓住它的节奏和韵律，因为对这音乐我不习惯，完全笨手笨脚，可是渐渐地，由于根本无法抓住这音符的洪水，我突然清醒过来，我感到只需任由这种我至今仍未认识的音乐带着走就好。又有一个新的世界要发现……反正在某个地方存在着某种跟滚石的《满意》一样美好的东西。这很难想象，但为什么不可能呢？时间就这样过去，她不时地停下来，翻一下乐谱，或喝果汁。我还发现，她蓬乱的鬈发随着琴弓的节奏荡来荡去，实在很美，一种在学校里那些穿着裤子到处乱钻的女孩身上根本看不到的美；我还发现自己几乎从来没有这样想过一个跟我同龄的女孩儿，或者说我从来没有这样想过任何一个女孩儿。

当她结束练琴时，已经很晚了，整个 17 世纪都贯穿在我耳朵里。它在我脑子里沸腾着，使我不再站在自己的脚上了。

"现在学习已经太晚了，我们去花园里散散步。我们完全有权利休息一天。"

大房子还是非常荒凉而冷清的，好像被废弃的一样。有一两次，我发现一个女仆拿着鸡毛掸子在各个房间里走动；玛丽·约瑟很礼貌地跟她说话，我心想，这么尊重地跟人说话，也算得是很不一般了。

我们沿着通向马路的鹅卵石小路走着，我问她：

"你父母，他们一直不在家？"

"不，不过他们回来得晚。他们经常在伦敦鉴定艺术品……我会跟他们说找一天请你来我家吃饭。"

"好啊，不过我希望不止一次。"

她笑了笑。

我们来到花园大门前，太阳落山了。我心想，希格诺尔聚会我要迟到了，但管它呢！

"你怎么这么投入地练大提琴？这总归不大自然吧……"

"在三岁的时候，我看到一个音乐家往他的琴弓上擦松香，我觉得这动作那么温柔，那么平静，所以我也想抚摸琴弓。当然，我父母对我放弃绘画只喜欢提琴有点失望，但最后他们看到我那么执着于一种爱好也就很欣慰了。一种真正的爱好……没有它简直不能活……这跟你伙伴哈依沙姆对象棋和数学差不多……"

我一惊，差点跌倒在地。她想必醒悟过来，因为她爆笑了。

"我看见你们在他父亲的小屋里！他那样子出奇地聪明，你的伙伴哈依沙姆……"

"非常聪明。"我以很严肃的口气说，就好像我能够评判一样。

我对她在我面前说到我可敬的哈依沙姆的一切有点生气，尽管我完全同意她的意见，甚至比我说得更对。跟他们一比，我再次感到自己一无是处。

"我跟你们不同，"我说，"我不知道什么能真正玩出兴趣来。《三个火枪手》恐怕要读到我成年以后，如果我开始读《茶花女》，那就可能要读到退休。这算是个省事的方面。我永远学不会国际象棋，和那些带八分音标十分音标的视听练习曲……"

"八分音符，十六分音符！"

"你看……那些词我就是记不住！连对潘哈德车，你也比我强……"

我们一直走到小湖边，湖上有三只天鹅，伸着长长的脖子，仿佛几把伞倒着在水上漂荡。我们坐在一张板凳上，四周静悄悄的，我们也默默无言。她端端正正地坐在我旁边，我不敢看她了。在她和我之间，没有任何可比性，明显没有共同点，我一直纳闷她为什么要帮助我。我们站起来，她要走了，我对她说：

"我永远没法报答你……没有你，我就完了……现在可能有一点希望……一点点而已，但总算……连吕基·吕克对我也没话说了。"

她突然严肃起来。她用一根手指绞着头发，看得出脸红了。她回答说：

"不，相信我，你能报答我的，而且超过你的想象！"

这听起来有点神秘，但我并没有进一步想了解更多，我不是这种人。我是一切都露在表面的。

"我该走了，"她说，"去音乐学院我要迟到了。"

"因为你在继续学习吗？"

她突然站住脚。她身后，高高的天空上，我看见一群候鸟在呈等腰三角形地飞翔。我心想，圣诞节快到了。

"我必须继续学习，因为学年结束时我要参加一场重要比赛。这对我至关重要。"

"你参加比赛的目的是什么？"

"我要在课业以外，进一所专业的音乐学院。"

* * *

我们分开了。我的心沸腾着，胀得满满的，好像要爆炸了。我沿着花园小路走，发现有一只乌鸫，像薄饼一样摊在地上，哆哆嗦嗦的，鸟喙像个可怜的黄色逗号，半张着，似乎在祈求救助。我心想，这恰恰是现在的我心里的念头，而且绝对是它激起了我的同情心和对动物的爱惜。我感觉像是捡起了一只铅球，心想这是因为密度增加了，有生命的东西在得了重病时，会向内收缩，以逃避病害进一步侵蚀。

我托着这一小把缩在羽毛里的生命一口气跑到家里。我对这番抢救不太乐观。我对乌鸫所知不多，但我感觉这只鸟很痛苦。

艾蒂安和马塞尔早早就到了，但我还是花了些时间安置我的难民。我找了个旧鞋盒，垫上棉花，给它吃蘸了牛奶的面包屑。但它一点也不想吃。艾蒂安和马塞尔在工作间里准备好了乐器，他们一边等我，一边跟在潘哈德车发动机里忙碌的爸爸聊天。他让他们通过读产品目录的方式参观了他的店铺。他手里握着气阀一端，俨然一个握着权杖的骄傲的国王，某种意义上的潘哈德车之王。

"你总算回来了！还不太晚！我们还可以出发！"

我以乌鸫为借口解释我的迟到，他们就以动物问题嘲笑我，特别是提到青蛙的故事。我想让他们也介入到我的抢救活动中来，就问鸟儿为什么不吃食。

"它肯定在绝食罢工。"艾蒂安说。

我看不出其中的联系。

我去找我的旧电吉他，尽我所能地调音，Mi，La，Re，So，Ti，Mi，或近似的音。反正这不重要。

艾蒂安作了一首新曲，我填了词。我们开始排练，但我的心完全不在这里。我迷迷糊糊的，觉得手里拿的是一根曲轴，而不是乐器。另外两个人摇头摆尾，毫无别扭之感，因为显然，他们没有受到现在我所受到的音乐和美学教育。我们录了音，要把样带送给一家唱片公司。我担心的是他们会把所有这一切告诉学校。在玛丽·约瑟面前，我将颜面何存？在她面前玩乐器，我宁愿把手剁了去。我跟他们说过，最好不要把我们搞音乐的事告诉任何人，免得招人妒忌。他们却不大同意，他们想在圣诞假前的校庆中搞一场演唱会。

"你明白吗，"艾蒂安说，"钓女孩子，没有比音乐更好用的了！"

我们走出工作间的时候，夜幕已完全落下，寒气逼人，满天星星。我想玛丽·约瑟可能还在练习她的大提琴，我几乎想到音乐学院去找她。我对艾蒂安和马塞尔说，我得去复习几何，因为第二天有一场关于圆锥、等腰三角形、圆一类东西的测验。

"我才不管什么圆锥、等腰三角形呢，"马塞尔说，"还有那个跛女人。总有一天，我要把她的拐杖偷来做笛子用，这样，她就不能来让我们受气了……"

艾蒂安大笑起来，我耸了耸肩。

"你们不懂，她把死娃娃带在她右腿上是不奇怪的。"

他们把眼睛瞪得核桃大，看着我。在他们眼里，我莫非疯了。我进一步欣慰地认识到，只有我那亲爱的埃及人才能理解我这话的意思。

接着，他们对我解释说，反正他们对学校已经不在乎了，因为他们另外找到了出路。

他们认识的一个家禽商曾跟他们说，由于发明不出切割鸡雏胸脯肉的机器，所以需要切割工。为了争取时间，企业就把家禽排列在传送带上，用右手的人切割左边的鸡胸脯肉，用左手的人切割右边的鸡胸脯肉。企业缺乏左撇子，所以付的工资高得多。而艾蒂安和马塞尔都是左撇子。自从他们发现这家公司以后，他们就不再努力学习了，所以第一学期的成绩单跟以前一样糟糕。

"我们，有职业计划了!"

我心想，他们缺乏雄心壮志，而我，正在走上上坡路。

雄心壮志，也许某一天我也会有一点的。他们骑着轻便摩托在夜色里消失了，爸爸在《研究员与收藏家之中介》中做广告记号。我坐在沙发边上看着他。我第一次看到他缺乏信心的眼神，脸上有愁色。我心想得由我来保护他，但不明确他为什么发愁。这是我生活中第一个这样的时刻，感到有点力量和信心，看到别人不像我以前看到的那么有力。这并不像我想象的那么快乐。看到别人的脆弱，最后也不觉得自己有力了。

我打开收音机听新闻，说的是俄罗斯的一场空难，驾驶员和副驾驶员因为一个空姐不知道在他们之间选择谁而争吵起来。结果飞机栽了跟斗。爸爸斩钉截铁地说：

"笨蛋，俄国人。"

他把他的杂志合上，我去看我的鸟。我掂了掂它，还是那么重，我心想这不是好兆头。尽管如此，当我把手放在它羽毛上时，还是感到它在呼吸。我在它的鸟喙周围撒上面包屑，这时，我感觉它在试图向我微笑。

爸爸过来了解我在抢救动物方面的能力。

"爸爸，你小时候也养过动物吗？"

"我 12 岁时，我父亲带回来一只小狗，那是他的一个顾客扔掉的……后来，当我遇见你母亲时，它已经很老了……对动物，你母亲不大有兴趣……特别是老的……我不得不在她和它之间做选择……"

"而后来，是她放弃了你……"

肯定就在那时候，他懂得了爱惜和救助动物。

＊＊＊

晚上，我想复习数学，但比往常更难，因为今天下午没跟玛丽·约瑟一起研究这道题。

★★★ ABC 为一个三角形，设 F 为从 A 到 B 的平移线。设 I 为线段 AC 的中点，D 与 J 分别为 C 和 I 在平移线 F 的图像。证明 J 为线段 BD 的中点。

书上的三个五星标明题目的难度。我苦苦思索了好一段时间，我不想放弃，因为想到玛丽·约瑟会不赞成的。她也不会放弃她的大提琴的，尽管那是一种很难驯服的乐器。而且我也绝不愿意以鸡雏胸脯肉切割工，尤其是左手切割工，终结自己的一生。结果我得到一个有点古怪的图形，用几个箭头指向四面八方，这已经尽我所能了。我还有一首诗要背。那是一位很老的诗人临死前写的一首哀诗。诗的开头："我只剩下一把骨头，像一副骨架。"诗的结尾："永别了，亲爱的伙伴，永别了，亲爱的朋友，我先走了，去给你准备一个位置。"以前，我实在不喜欢诗，我从来也没能把老师交代要背的诗背熟。我心想，写诗，那是要先吃尽苦头，再加一大堆的复杂规则。但这首诗，我却觉得美，它使我想到那只可怜的乌鸦和它的处境，想到玛丽·约瑟弹奏的那个时代的音乐。那大概是个哀伤的时代，人们成了一无所用的瞎子。在火枪手的时代，什么也看不到。我找到爸爸，给他朗诵这首诗。我注意闭着眼睛，仿佛要死的是我自己，以非常感人的语调，念出最后一句诗。

"这很让人高兴嘛，都教你们这个了！"他说，"他总是有点儿夸张，这个可爱的老龙沙，他让我们感伤了好几个世纪！"

我耸耸肩。

"没有完全快乐的东西。连音乐也并不总是快乐的。不说希格诺尔玩的嘈杂声，就连大提琴这种真正的音乐，也是哀伤的，但它毕竟给人好感。"

他略显开心地看着我。

"不过，我得说，维克多，你的智力提高了呀。"

我吃了一惊，因为这话，哎呀，正是我心底里感受到的啊。但是当然，这话自己是说不出来的。他又神思悠悠地说：

"是这样的……我总想，怎么哀伤的东西听起来就舒服呢……"

"或许那会让人感觉自己在生活中并不孤单，而生活中最困难的正是觉得自己孤单。"

"我很高兴看到你有了内心的生活……"

他再次露出喜悦的样子。

"正是因为内心生活，我对成为鸡雏胸脯肉左手切割工说不，右手也不。我了解自己。"

街上，我家房子前，一个工人正蹲在吊篮里安装圣诞节的花彩。

6

第二天早上，大地像铺上了一层白粉。校车打滑了，大家吼叫起来，仿佛在俄罗斯的大山里。司机脸涨得通红，不知是因为生气还是害怕。我在缺席表上看到，许多老师都难以到校。哈依沙姆对我说，可能会错过第一堂课。他邀我到他父亲的小屋里去。我觉得他又长胖了，有一天他会挤满整间屋子的，他会出不来，永远困在里头下棋，直到时间尽头。他们下到了 1962 年古哈绍象棋比赛第五轮。

"博比·费舍对维克多·科奇诺依。"哈依沙姆给我解释。

我从窗口看到其他学生开始在院子里堆雪人。我用眼睛寻找玛丽·约瑟，可是没有找到她。

"很糟糕的防御，"哈依沙姆的父亲说，"第一次用于 1883 年纽伦堡。"

"老朋友，你看，"哈依沙姆低声对我说，"这一招的目的很明显：如果白马走到 B3，对方会走 a5-a4，甚至它可能被走到 a3 的黑兵赶走，这样的话很明显会削弱大斜线 a1-h8 的力量，这条线上的象 g7 就成了猎物。显然，低级错误……"

"显然！"我为了不被看成傻瓜补充说，"低级错误。"

院子里，雪人越堆越大了。

"现在：13. g4！这种出人意料的着数会使局势逆转，可是科奇诺依会用惊人的办法阻止它的……"

我心想，象棋，跟音乐一样，主要是个语言问题。

下完棋，我请尊敬的埃及人看看我的数学答题。

"我画了一个怪东西，然后尽我所能做了标示。"

"让我看看。"

他把他的答卷摆在我的旁边。于是得到如下结果：

他的：

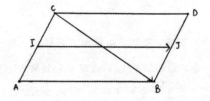

证明：

　　B 和 D 分别是 A 和 C 通过 b 的图像，平移线 F，为线段 AC 通过平移线 F 的图像，所以，F 就是线段 BD。I 属于线段 AC，所以它的图像 J 属于线段 BD。I 是 AC 中点，那么 $IA = IC$。平移保持着长度，所以 $JB = IA$，$JD = IC$。由此：$JB = JD$。

　　如果一个点属于线段 BD，且与线段 BD 端点 B

和 D 等距，那么这个点就是线段 BD 的中点。

结论：J 为线段 BD 的中点。

我的：

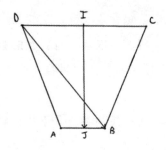

证明：

ABC 为一个有一条边看不见的三角形。I 为线段 BC 的中点。看不见的边 AC 碰到线段 IJ 和线段 DB。

结论：J 差不多就是线段 BD 的中点。

坦率地说，这没什么可看的，我的答卷看起来可不怎么样。我发现，往往是通过比较，错误才变成错误。我偷看哈依沙姆的脸色。他把卷子给正在整理象棋的父亲看，他做了个鬼脸。

"这是你自个儿做的吗？"哈依沙姆问。

"是的！"我自豪地回答。

"好吧！这说明了一切。"

这时，我才明白，哈依沙姆早就猜到玛丽·约瑟了。我心想，在我可敬的同学面前，隐瞒什么都是没用的。

"平行线问题，你得向她请教。"

"为什么？这错了吗？"

"完全错了。可是这挺有趣，甚至比真理更有趣……一条看不见的边……你真有本事！"

他把卷子送到我鼻子底下。

"念念你那条结论，这应该是个幻觉吧……"

"好吧，念结论——'J 差不多就是线段 BD 的中点'。我觉得这有气派。"

他露出遗憾的神色。

"你得知道，数学上不存在'差不多'……得了，抄这个结论吧。"

仓促间，我说了一句很不该说的话：

"你对你的结论有把握吗？"

我感觉地球一下子要停止转动了，院子里的雪人也要融化了。哈依沙姆的父亲竟把棋子掉到地上，他们俩都对我别过脸去，似乎我真是一头可笑的畜生。我的埃及伙伴的土耳其父亲把手比成三角形，冷冷地低声说：

"你觉得，建造金字塔的人画不出一个普通的三角形吗？"

我不知道他是在开玩笑，还是真的在等待答案，但他露出后悔的神色。我感觉很不舒服，等待着化学反应的怒火。

"别生气，我开玩笑，我当然是在开玩笑。"

"得了，这个玩笑味道不好。吃块香糕吧。"

他思忖片刻，用一句话作为了结：

"算我放屁好了！"

说完，我和哈依沙姆回到班上。我在队伍里向玛丽·约瑟做了个手势，然后像往常一样坐在她旁边。

点名的时候，她悄悄对我说：

"你做了数学练习吗？"

"做了。"

"不会太难吧？"

"难，我尽我所能做的。"

"让我看看。"

我犹豫，但意愿太强，还是把在哈依沙姆那里抄的卷子塞给了她。

"好极了！你取得了惊人的进步。不用多久，你就不需要我了。"

"别这么说，现在我才开始需要你呢。"

我脸红得像个西红柿，首先是因为把抄来的答卷给了她，其次是现在说的这种话，这是缘于受伤野兽的少有的羞赧。

我转过头去，看见我的可敬朋友在教室尽头微笑着，尽管我有那么多"看不见的边"以及生活中有那么多的"差不多"。我竟觉得他像院子里的雪人儿。

* * *

课间休息结束时，教务处的高音喇叭叫玛丽·约瑟和我到吕基·吕克的办公室去。我们走到门前，我敲门。吕基·吕克打开门，叫我们坐下。他一点没有生气的样子，使我们暂时没有了不安的感觉。亚历山大·仲马先生使我们接近了，这便是我们之间的某种蜜月。

"我们有个问题。"他开始说。

"跟我们有关吗？"玛丽·约瑟问。

我呢，打算尽量少说话，天知道有什么事。

"对，跟你们有关，但不是你们的错；反正归根结底，不是您的错，小姐。维克多？"

"在，先生。"

"我要你首先起个誓……"

"嗯，什么誓？"

"保证你压根没参与堆院子里的那两个雪人。"

"这个吗，您要我起什么誓都行……以亚历山大·仲马回忆录的名义，甚至以巴赫音乐的名义……这，总得有

89

证据！我根本不可能参加堆雪人，我在跟哈依沙姆和他父亲下 1962 年的古哈绍。"

"1962 年的古哈绍？我想是一种酒名吧。"

玛丽·约瑟打断对话：

"不对，是一种国际象棋比赛，是阵地封锁专家佩特罗先获胜的。"

"非常正确，"我纯粹为了补充而补充道，"可是，雪人是怎么回事？"

吕基·吕克一时没回过神来。他似乎在怀疑，站在他面前的真的是我吗。

"嗯，好的，是这么回事：院子里有两个雪人，我或许应该说，一个男雪人，一个女雪人。"

他颇显郑重地拉开窗帘。果然，我的雪人不是一个了，而且竖着一根跟实物很相像的胡萝卜，胡萝卜尖头几乎要碰到女雪人的屁股了。

"嘿，好看！"我说。

吕基·吕克重新拉上了窗帘。

"对不起，"玛丽·约瑟说，"我看不出这跟我们有什么关系。"

"这跟你们有一点关系……因为从这两个雪人的脖子边取下了这两块纸板。"

他拿出两块纸板，上面写着标记："维克多＋玛丽·

约瑟"。

我只能骂一声：

"无耻！"

玛丽·约瑟倒大笑起来。

"维克多，你知道这可能是谁？"

我确实有个猜想，但我不想说出来。

玛丽·约瑟不停地笑，偶尔平静一下，又笑起来，异于常态。

"好了，"我愤怒地说，"现在全校都知道我们结婚了……"

"这是些淘气鬼干的，维克多，"吕基·吕克亲切地说，"你别担心。我答应你，一旦找到罪犯，一定严惩。"

"但愿如此。我有我的尊严。在这个学校里，如果不能指望领导的话……"

吕基·吕克显出逗乐的神态，仿佛对重要人物那样，把我们送到门口。玛丽·约瑟急着去准备关于海伦·凯勒的报告，我发现自己单独面对着吕基·吕克。

"真的，"我说，"我不理解她，就好像这事跟她无关似的。"

"她是另一个星球的人……你知道，她本想直升高中，可是她太小，人家没有要她……"

"为什么她没进一所专门收像她那样有天赋的人的专

91

业学校呢?"我问。

"我不知道。人家向她建议过,她父母同意了,可她没同意。她宁愿通过一场比赛,进入一所很有名、淘汰率很高的音乐学校。"

"那是什么大班吗?"

我突然觉得他要大笑了。我心想,算了,他对我的话不当回事。

"我不知道你也搞音乐。"

我吃惊得合不拢嘴了。

"您怎么知道的?"

"今天上午,艾蒂安和马塞尔来问我,你们能不能在校庆日办一场演唱会。"

"后来呢?"

"后来我说可以。让他们在正确方向上表现一次。所以这下我们要看到你们的首秀啦,吉他英雄维克多……你们的乐队是哪一种?"

"一种窑子活力摇滚,如果您真想知道。离校庆日还有多少天?"

"还有两周,正好在圣诞假之前。"

上课铃响了。

"我该走了。"我说。

"走之前我问你一个问题……关于三个火枪手的那本

书，你能肯定完全是亚历山大·仲马他一个人写的吗？"

"为什么不是？"

"因为关于这件事有许多传闻，而且这本书长得古怪……而且因为他写了几十本这样的大部头，我觉得……"

"这个我也不知道，如果您需要，我可以去查查。"

"好的。因为，你明白吗，这种怀疑会败坏阅读胃口。"

我出了门，朝楼梯走去。但我又生出一个念头，于是折回身，又去敲吕基·吕克办公室的门。他已经坐在椅子上，脚架在办公桌上，面前放着《三个火枪手》。

"先生，请您告诉我，对雪人这事，您同意不放过去吧？否则，什么都被允许了，什么都无所谓了……"

"从你嘴里听到这话真叫奇怪，不过好吧，我同意了。"

"如果为了报仇，我把男厕所的卫生纸拿走……您不会说我吧？"

"我会闭上眼睛。但如果出现第一个肠梗阻，我就不得不展开调查。"

梗阻：管道或口子的阻塞。肠梗阻，特指肠道内物质流通的阻断。

好，这下可得让他们尝尝苦头了！

＊　＊　＊

　　我上法语课迟到了一会儿，但看到我的进步和我最近对课程的兴趣，他们也就不能太苛求我了。玛丽·约瑟一直在准备她陈述报告的版面，到处都是一些照片、语录和边框。

　　我坐下来，她开始给我们讲海伦·凯勒。她是个完全正常的美国小女孩，甚至很漂亮。一岁半时，她遭受到命运的打击，患了重病，结果，她什么也看不到，什么也听不见了。显然，像她这么说，不会有什么效果，我甚至担心，玛丽·约瑟是在冒险，因为，像这类故事，我们班的男孩子听了多半会捧腹大笑。但她竟用这样一种声音，这样一种语调，叫人听了起鸡皮疙瘩，我敢担保，由于那种悲剧气氛，没有任何人想嘲笑，也没有任何人想讽刺。我当时产生一种感觉，她把全班都"捏在掌心里"，我甚至对这一发现相当满意。同时，在她的话语间，她这个人似乎被折裂成两个，人们不知道她在显示的是一种巨大的力量，还是一种极端的软弱；这样，她真切地向我们讲述了海伦处在寂静与黑暗中的情景，直到遇见她父母专门聘请的一位女老师。最有趣的是，为了给这段讲述增色，她不时地用她的大提琴演奏一段乐曲；她说这是为了表现海伦·凯勒的精神状态，让我们想象身处在黑暗与寂静之中会是怎么样，于是人们感觉提琴独自在黑暗中呜咽。我回忆不起听到过这些小段乐曲，有时感觉音符走了样，仿佛鸟儿从电线上掉下来。这不复杂，却使我们发抖；我看见数学老师在大厅角落里用手捂着嘴，仿佛在克制叫喊或哭泣。这是一种叫人害怕的、庄严的、宗教似的寂静。靠着这位女老师，海伦开始进步了。她学会了在父母手上打字，当她在父亲手上打出"爸爸"两字时，他竟哭了起来。通常，这类强调首先会把一班人变成克罗马农部落①，可是她这下，几乎难以置信，男孩子们都不能动了，女孩子也一样，全都跟随着玛丽·约瑟的嘴唇，或是在琴弦上滑动的琴弓，仿佛在走钢丝。有时，玛丽·约瑟放低声音，低得人们都得努力追寻她的嘴唇，而我明白，她这又是把我们置于海伦的位置。结果，那位老师的努力竟然这么有效，以至于海伦竟然通过了一场非常困难的、以前任何女孩都不敢问津的比赛。然后，她走遍全国，到处演讲，呼吁人们应该帮助聋哑儿童，这是出于一种叫作同情的情感。最后结束时，玛丽·约瑟朗诵了一位说元音有颜色的家伙的一首怪诗。每个诗节她都以琴弓的强烈颤动中断，风驰电掣一般。显然，所有人都呼吸紧张，而我有种很特别的感觉，感觉与这种诗意的漫步联结在一起了，好

---

① 克罗马农人为在法国多尔多涅省发现的欧洲智人的第一个代表。这里意指把人惊得像原始人一样呆笨。

像是我们手拉手一起做出来的。在这场漫步的结尾，我又想起此前曾经对玛丽·约瑟说的话：我对她的需要，现在才刚刚开始。

她刚好在铃响之前朗诵完这首诗。数学老师结结巴巴地说，她暂时说不出什么，大家都需要回味，但她肚子上还从来没挨过这么漂亮的一拳。我心想她说得对：有些时候，艺术犹如挨到的拳头打击，在打倒你的同时使你成长。大家都带着一种被击晕的感觉走到走廊里。

"我看你们是刚从龙卷风里出来啊，"艾蒂安对我说，"你们挨剋了吗？"

我借机要他解释关于校庆音乐会的事情。我越来越不想在玛丽·约瑟面前卖弄，但我还不准备承认这一点。

"你不该不经我同意！"我说。

"你不能这么对我们。"

我们走到挤满人的楼梯。

"可是为什么？"

"因为你不能把我们几个月的工作成果扔在地上，而且我们已经当面答应吕基·吕克了。一个团队，这是一个团队。"

我们来到还站着两个雪人的院子里。学生们四面围着，好像在看印第安人。显然，现在"地铁"还不能理解有关音乐的东西，我的情况则完全不同，好像在另一个世界。我现在拥有一种美学教育，使我能从另一个时代来看事情。存在着另一种音乐，仿佛来自另一个星球，遥远而不可及，却又充满你的心胸。我很愿意继续跟"地铁"玩儿噪音，虽然我玩不出更好的来，但我宁愿只把这一切留给我们自己。

艾蒂安还在跟我谈音乐会的事儿，他建议我们三个都穿白衣服。马塞尔走来，一副倒霉神气。他不安地看着我们，似乎一个很大的危险在窥视着他。

"你们知道发生了什么事吗？"他问。

"不知道啊。"

"又有人把卫生纸藏起来了！"

我当然做出愤慨的样子说：

"这事很久了！我猜想这会是谁干的……"

"肯定是一个女生，"马塞尔说，"这么卑鄙的把戏，只能出自一个女生！"

"我们又得吃苦头了！"

"有梗阻危险呢。"我耸人听闻地说。

"什么危险？"

"梗阻，肠子上的！"

"那是什么？"

"你只要翻到词典上字母 O，加两个 C，就找到了。"

然后我再也没说话，因为一个雪球砸到我鼻子上。我痛得要命，仿佛挨了一个石头。我的鼻子流出几滴血落在雪地上。我马上发现那个大个子在雪人旁边笑着：一个三年级的男孩，到处张扬着他那张猥琐的畜生脸。我没有接收他到希格诺尔里来，从此他就对我恨得要死，一有机会就找我的茬儿。他已经有好几次在走廊里和院子里向我寻衅，但我每次都避开了他，并把拳头攥在兜里。一下子，事情就明朗了，雪人，肯定是他干的，我从一开始就怀疑他，这是对的。这很清楚。我心想，是不是该马上去找吕基·吕克，可是想到面前这个人还向玛丽·约瑟和我泼了脏水，我火冲脑顶，气氛立即变得炽热。我像"小拇指"① 一样，滴着鼻血，飞快地穿过院子，一股过去练拳的劲头又回到了手上。我仿佛看见哈依沙姆伸着大手来拦我，听见艾蒂安吼叫："别干蠢事！"但无济于事，我像鱼雷似的直射过去。我扑到那家伙的脖子上，两腿用力夹住他的肚子。他猪崽似的吼叫起来，变成了猪血香肠。我贴近地看到他的红痣，觉得很恶心。我们跌倒在地上，他企图挣脱，但我的腿像铁钳一样夹得紧紧的，我相信能把他切成两段。后来我看见他一只耳朵出现在眼前，我用牙齿狠狠一咬，然后松开。

"这蠢货咬了我耳朵！"

---

① 出自法国童话《小拇指》，"小拇指"出生时只有拇指大，故名。他在七兄弟中最聪明，战胜了吃人魔王。

"他砸了我的鼻子，还咬了我一口，这败类！"

我有点夸大，但我想表示我先受的伤，而且还不算精神上的。

结果：最后，他被一个学监带到医疗室去，我则由我的埃及人带到他父亲的小屋里。哈依沙姆给我鼻子里塞了棉花，我像头鼻子塞了香芹的小牛。我嗓子嘶哑，恢复了一点儿精神。我回想起吕基·吕克向我提出的问题。

"哈依沙姆，我有件重要的事情要问你。"

"说吧，可是凭你现在这个样子，我很难认真对待你。"

"你知道吗，亚历山大·仲马写那么多书，是他一个人写的吗？他有没有合作者？"

他显得很吃惊，扬起了眉毛。他用了点时间把棉花盒放回小药柜里。

"所有他那些书，一辈子都不能抄完一遍。他应该有许多合作者，甚至肯定有一些黑人。"

"一些黑人？"

"对，一些写书的人并不是最后的署名者。这在文学上很普遍。"

"那么，如果一个已经是黑人的作家，为了署名，我们就说他是一个白人吗？"

"为什么你总是把一切复杂化？"

他说得对，我总是把一切复杂化。

他想了想。

"可是，这的确有点复杂，比如你的亚历山大·仲马，他的血管里就有黑人的血，不多，但有一点。"

"那么你看到了，事情是复杂的。"我耸着肩说。

我马马虎虎算个可靠的人了，由于从鼻孔里拉出的那几团棉花。

然后，吕基·吕克来找我，我跟着他到他的办公室去。

我坐在今天早上他见玛丽·约瑟和我时坐的同一个位置上。

"算你有运气！"

"您觉得吗？"我指着鼻子上使我斜视的棉花说，"一个不该有的运气。"

"对，如果你的朋友玛丽·约瑟不来跟校长说，我相信你已经够被开除了……"

"她这么做了？"

"是的。而且为了解释你的攻击性，她给了我们这个，是包在雪球里的。"

他张开拳头，从他手掌里蹦出一块石头，仿佛一个网球。

"那么，算合法自卫？"

“如果人家同意……但因为耳朵，你还得受到警告处分。”

“请原谅我改变话题，我查到了关于亚历山大·仲马的资料。”

他的眼睛亮了，似乎我们终于接触到严肃的话题。

“怎么样？”

“根据我的资料，情况有点复杂。不过归根结底，我可以告诉您，他所有的书，都是他一个人写的。从头到尾都是他一个人。跟黑人之类没有关系，尽管他有一点黑！我终于懂了。”

“我相信是这样。他，是个人物！不像今天的那些像得了便秘的人，因为好不容易挤出一百页就整天想得诺贝尔奖。”

* * *

我昏昏沉沉地回到家里，感觉脑袋像个大南瓜。那是整个苏联红军在行军，迈着鹅一样的步子，带着全部的飞机大炮。但我还是去看了看我那只装在鞋盒里的乌鸫。面包屑开始一点点减少了，这是个好兆头。它应该在没有人看的时候啄食了。我由此得出结论，乌鸫，它们也有羞耻心。我把它捧在手里，感觉手心里是一颗小小的能握住的心。它很轻，又很重，一种难以说清的感觉。爸爸给我准

101

备了阿司匹林，我躺在长沙发上，盖着被子，爸爸在准备下个月的《中介》。然后，我打开电视的一个文化频道，因为现在，随着我的学习，也随着我从玛丽·约瑟那里获得的艺术启蒙，我没有权利再放任自流了。

这是一场纪念第二次世界大战的晚间节目，尤其是纪念那些被驱逐的犹太人，他们先被安置在集中营里，又被强迫劳动，最后被杀害了。我看到大群大群的人离开家门，在监视下排着长队走向火车站，所有的人，男人、妇女、儿童，都被逼着爬上火车，不知朝什么方向去。我想向爸爸了解情况。我问他，所有这些人，他们知不知道等待他们的是什么，为什么他们没有得救。

"他们肯定想着，人家只是让他们劳动，"爸爸回答，"他们不相信会那么危险。谁会想到呢？"

"可是，爸爸，首先，做无意义的劳动，这已经很不妙了……然后这些人，他们总该醒悟到人家不喜欢他们了吧……"

"由于不断受到枪托棍棒之类的打击，他们最终肯定会醒悟过来。但他们没法想象到人家要这么消灭他们。他们什么也没干，他们怎么可能想象到这个呢？再说，你知道，在ghetto里，他们就要饿死，那完全是弱肉强食啊……"

"ghetto？"

爸爸朝放在桌子上的词典伸过手去。我会查找。我找呀找……Ghetto……Ghetto……找到了：

Ghetto：犹太人区，犹太人被强迫居住的区域。

"他们不比别人更天真，更驯服，可是人家告诉他们，到那些专门为他们设计的集中营去要比在犹太人区好得多，好多人就信了。归根结底，他们有什么选择呢？"

我第一次把头埋进了遥远的过去。我又想起我祖父，他也是来自东方。我心想，电视屏幕上播出的那些画面，正是他战前登陆法国时所逃过的种种危险啊。

"爸爸，你相信祖父所到达的是欧洲的这个角落吗？"

"是的，不很远……他为了逃避 pogrom①，离开了伽里西亚的冷贝格城，然后穿过了波兰、匈牙利、罗马尼亚……"

我的视线跟着爸爸的手指，在空中画出祖父穿越欧洲的路线。

"Des programmes，是什么计划？"

"Des pogroms，笨蛋。也就是迫害。"

"可是有人逃走了吧？你父亲，就是幸亏往西走了吧？"

"对，他得救了。"

"他跟着太阳走，嗯，这样他才跳出来！"

我为有这样追随太阳跳出陷阱的祖先感到自豪。我觉得这是在生活中自保的一个卓越办法。

爸爸开始翻阅克房伯教程，我却还想陪着他回忆过去的事情。

---

① 沙皇对犹太人的大屠杀。

"爸爸，告诉我，祖父曾跟你讲过他那次旅行和他来到法国的情景吗?"

爸爸把那本教科书放在膝盖上。

"他很少提那次流浪，因为他的怪癖是，使自己显得比法国人还法国人。他大吃布吉农牛肉和杂锦砂锅，以便忘记东方生活里的包馅鲤鱼和红叶卷心菜。"

"他好歹是个历经大灾大难死里逃生的人吧?"

"对，死里逃生，正是如此。"

"可是，爸爸，说到底，我们也算是死里逃生的人。"

他歪着头笑了笑，又沉浸在他的克虏伯圣经里去了。入睡以前，我脑子里一直跳跃着那些画面，我想到，多亏玛丽·约瑟，我也是在学业上死里逃生的人了。我梦见自己在一艘无人的大客轮上。我走在一座又长又滑的大桥上，突然碰到一群牛，就这样，空际茫茫，却圈着铁丝网。然后，汽笛大吼一声，我被吊在舷墙上头，面向一头被扔到大海里的畜生，大海一平如镜，凝固而发光，仿佛熔化的铅。我用目光寻找一个浮标，要扔给正在溜走的牛，但不像真的在水里，倒像在沙里或泥潭里。这时我看出，那头正在消失的牛没有眼睛，只有两个红孔。

我在爸爸的臂弯里漂浮，他把我抱到我房间去。我宁愿不要完全醒过来。尽管如此，我却想到，马上就是我的生日了，可能生活终究会是甜蜜的。

7

完全可以说，那天我在院子里的辉煌一击提高了我在学校里的地位。人不能每天靠咬耳朵来挽救他的名誉。幸而事情不太严重，只要给他耷拉着的耳垂缝上几针，然后包扎上两星期就行了。凭他这个样子，我给这个家伙取了个外号叫凡·高。我感觉，连老师们都得对我另眼相看了，可能更低，低到贴近地平线，但更认真了。显然，现在对全校来说，玛丽·约瑟和我，我们已经结婚了，有一栋大房子，里头有两部小汽车和三个孩子。由于大家知道我有点敏感易怒，而且珍爱他们的耳朵，所以没有人敢取笑我们之间的亲密关系了。有一天，我跟哈依沙姆在小屋里，他跟我说了点使我高兴、惊讶的事：

"到底是她干的，带劲儿……"

他又说：

"玛丽·约瑟，她找到了办法让你更有生气。"

可是他不可救药，心不在焉地盯着棋盘，咕哝说：

"嘿，奇怪……"

"有什么奇怪的?"

"你还记得 1922 年鲁宾斯坦对塔拉奇的决赛吗，一种荷兰式防御?"

"我当然记得。"我故意说道。

"我一直没有意识到，鲁宾斯坦用第 26 步棋 h8 就已经吃掉了对方一个子。你说我笨不笨?"

"这对你来说，的确不可原谅。"

他在他的大眼镜后面向我微笑。他在这个小屋里显得巨大，仿佛某种传说人物。我心想，他可能接替他父亲的位置，整个一生待在那里。爸爸曾经跟在他父亲后面接手"加拿大"，我也可能走同一条路。我突然想起，开学那天在我书包里发现的哈依沙姆送给我的那张象征画，一棵苹果树树干周围有许多红红的大苹果。我想起他把这张画送给我时对我说:

"苹果掉下来绝不会离苹果树太远。"

"你这话什么意思?"我曾问他。

"这是一句隐喻，以后你会懂的。"

"一条电视天线? 你开玩笑?"

"苹果，就是你。翻一下词典，你就懂了。"

当天晚上，我按他的建议做了:

隐喻:对某种事物隐晦曲折的说法，或教授一条真理的方法。

我明白它是很隐晦，至于我亲爱的埃及人通过苹果树和他的苹果要跟我说什么，我一点也看不出来。

哈依沙姆总爱寻找一些非常深奥的思想，别人从来想不到，然后，他又能找到非常切合于这种深刻的词语。他说的那句话："她找到了让你更有生气的办法。"这恰恰是我感受到的。我没有像爸爸说的和我曾相信的那样，变得"更聪明"，而是变得"更有生气"，这重要得多。比如有时，我从玛丽·约瑟家出来，就觉得我似乎从来没有完全睁开过眼睛，好像我有某种瞄准事物和世界的镜头一直没有校正好。

* * *

事情就这样又持续了一段时间，我终于能在某些课程上轻松自如了，甚至能参与班级活动，解释课文时我还能做文化上的评论。多数情况下，是我在玛丽·约瑟家学习时她事先给我提醒的，但我想只有我亲爱的哈依沙姆能猜到这点。使我伤脑筋的，是圣诞节和希格诺尔音乐会的临近。幸亏艾蒂安和马塞尔坚持给队员身份保密。他们乱涂了一幅海报，三个音乐家都画成剪影，面部用一个问号代替，贴满了校园。有一天，我和玛丽·约瑟从一幅海报前经过，她问我：

"你知道那是哪类音乐吗？"

"肯定是摇滚乐，或那一类的东西……"

"你肯定会笑话我……可对我的耳朵，听这类东西简直是受刑。就像山羊顿脚，难以忍受。你喜欢这个吗？"

"山羊顿脚，还是摇滚乐队？"

"两个都一样。"

我真想抖开包袱，让她知道她面前的就是希格诺尔的创始成员，而且还是吉他手和主唱，但最后我不敢说，只好回答她：

"山羊顿脚，我没品味过。但摇滚乐，那全是逗笑。我对没有学过视唱练耳的音乐是不相信的。那不跟没有水的游泳，或没有跳跃的跳绳一样吗？"

我本来应该抓住机会向她承认一切，她可能稍微取笑我一下，甚至可能不取笑，反正不会走得太远。

由艾蒂安和马塞尔组织的演唱会，这个问题开始真正使我烦恼了。他们主张我们登台时扮成佐罗，在我作词作曲的题为《敲碎砖头》的那首歌曲的开始和弦中把面具抛向观众。他们觉得这个念头很宏大，而我担心，把一切都接在220伏的电压上，好像屁股上挨了打那样手舞足蹈起来，会不会露出某种叫人羞愧的东西，因为几个世纪以来，那些天才，有些甚至聋了或失明了，他们为了把他们的乐音建立起来而绞尽脑汁，耗尽终生。在星期五下午的体育课上我一直在想这个问题。我有时间，因为我们要做耐力赛跑，而锻炼耐力，正可促进思考。这是我的看法。上次我曾经躲在梧桐树后面，这次我决定不这么干了，即使这要让我吃苦。有时我回过头去看我亲爱的哈依沙姆能不能坚持下来。我看见他的大块头在跑道中间，满头大汗，呼呼喘气，艰难地迈着步。他在蒙着雾气的眼镜后面皱着眉头。他让我感到难受。但当我扭头看他时，他倒保持着微笑，朝我举起他的大手，仿佛说，尽管有那么多考验，但一切顺利，不久我们就会走到一起。我像火箭一样接近最后一个弯道时，看见玛丽·约瑟在跑道旁边的草地上反向走着。我用手势跟她打招呼，但她毫无反应。但我确信她的目光是投向我的。我心想是不是得罪她了，要么有人把我参加音乐会的事告诉她了，或是凡·高向她诽谤了我，这是很可能的。如果真是这样，我就去咬他另一个耳朵，他就不会再说了。跑完步，我急忙穿上衣服，奔向出口，我终于在路的尽头追上她。我问她：

"你生气了吗？"

"哦，没有啊，为什么？"

"因为刚才你从我旁边过，我向你打了招呼，可……我觉得我成了个陌生人！"

她的目光很奇怪，既透明，又阴暗，我想起在自然历史博物馆看到过的动物标本的眼睛。她从口袋里掏出一个小礼盒。

"喏，这是给你的生日礼物！你看，我并没有生气。"

我完全把这事忘了。我13岁了。我很感动。

"把它打开。"

一个 1954 年蒂纳车的复制模型，什么都有：三枝型方向盘，车前的有线脚饰的蒂纳花体缩写签名，拱形的、铰接在消音器上的汽车底盘，平行排列的座椅。我看着玛丽·约瑟，心想我是不是会激动得哭起来。

"你喜欢吗？"

她不能再说了，要不，我真会克制不住。我只剩一个愿望：跑回房间扑到床上，把蒂纳抱在胸前，自由自在地消受我的激动，只让爸爸在场做个见证，因为，他是不一样的。

我到底还是结结巴巴说出几句：

"我想从来也没有任何东西叫我这么高兴过！你知道工程师们在这型蒂纳上犯了一个错误吗？镀铬的烟灰缸……你看，那儿，仪表盘右边……它对挡风玻璃上的影子会有妨碍……所以谁都不买它……"

"就因为这一点？哦，我还忘了告诉你，我爸妈邀请你明天中午去我家吃饭。"

* * *

"不止这一点……"当天晚上爸爸告诉我，"首先是广告上公布有六个座位，可是舒服点只能坐四个人，最多五个，再不能多了……"

他把小蒂纳放在掌心上，轻轻地转动它。

"还有，"爸爸又说，"变速箱也不大理想，得分解操作，避免过猛运行。在急转弯时方向也有不良反应，刹车时则颤抖得厉害。但你这个是很漂亮的模型，很逼真……你看，他们甚至复制了车盖底下的反光。你朋友是从哪里找出来的？这是一件收藏品！"

我真的相信自己要骄傲得爆炸了。四处冒烟，每个心脏蓄电池都报警了。

"我也有个礼物给你。可能没那么漂亮，但总是个礼物。"

他递给我一个纸袋。

"对不起，包装不大好。喏，打开来！"

一套旧式日用品刮胡刀，全镀铬的：刀片、刷子、肥皂、护脸液。我有点吃惊。

"谢谢爸爸，这是个很美的礼物。"

"你喜欢吗？"

"是的，爸爸。"

"你要是愿意，马上就去试试；许多男人傍晚刮胡子……尤其当他们夜里要出门的时候……"

我明白，时候到了，他终于要带我坐在潘哈德车里给顾客送货了。

我于是把冒出来的胡子刮去，只感到"哎哟"一点痛。但我想，轻微的"哎哟"会变成大声的。我涂上护脸液，做得像那么回事，我光彩焕发地走出洗澡间。一个刮了脸的男人，无论如何都有点不同了。父亲以严肃的神态看着我。

"你知道犹太人是从 13 岁成为大人的吗?"

"可是，爸爸，我们不是犹太人。"

他似乎在思考，自己给自己提问题。

"无论如何，13 岁，是个做大人的好年龄，是不是犹太人都一样。"

"对。"

"我们走吧?"

"好的，爸爸。"

我们拿上他记着顾客名字和地址的本子，坐上潘哈德 PL17 出发了。我觉得好像登上了一艘远行的大轮船。我们就这样穿过黑夜往北而去。一些荒凉的地区这里那里立着些碉楼。空旷地上有一些连片的废弃的仓库……可百依、瑞思·奥伦基、沙维尼、具卫西、阿提斯—蒙斯、梯艾斯……渐渐地，城市的场景丰富起来。一些楼房、菜园、屹立着的大医院，一下子就进入了大城市，它像一颗疲乏的心……从那时起，我就不大知道我们在哪里，甚至不知道我们究竟是谁，时间和年代那就更……父亲在操纵着变速杆……他的样子很有把握，但我还是觉得我们迷路了，我们在同一个地方经过了好几次……我有时想象在玛丽·约瑟家吃饭，觉得人家会让我通过中考了。黑夜的红灯、冷清的街道，似乎我们在一座被废弃的城市。有时，从咖啡馆或餐馆出来一群人，听到一串尖锐的笑声弥散在夜空里。突然，爸爸停下大潘哈德车。我们肩并肩走了几分钟，我们的脚步在地板上回响。他突然站住，用肘子碰了我一下，举起一只手指着街名：棋盘街。他父亲就是在那里安置他奇妙的"加拿大"的。

"可是，爸爸，为什么叫'加拿大'？因为它在更西边呀？"

他对我解释说，在集中营里，受迫害时期，有些囚犯会回收东西，无论什么都收。而这些财宝藏在一个秘密的地方，他们就把那里叫作"加拿大"。爸爸在一扇厚重的卷帘门前停下来，弯下腰，想把它拉起来。没用，它被锁住了。爸爸使大劲，用全身之力去拉，这时，我心想，有一天，他离开了我，我就得独自一人面对一扇卷帘门了，但总还得继续生活下去，甚至缝补记忆。现在做的就是准备记忆，而这正是人们称为忧郁的东西。

"爸爸，我能帮你吗？"

他还弯着腰，喘着气，他转身，以一种奇怪的神色看着我。我不知道他的目光里是不是一种极端的温情，是不是被感动了，或者是不是相反，对我的建议不高兴了。

"如果你愿意……抓住这里，跟我一起拉。"1——2——3，卷帘门一下被拉起来，轻得像一片羽毛。爸爸对我笑了。可是我，我的感受很奇怪，我最终宁愿他单独完成，拉起卷帘门。我心想，这事儿我绝没沾边。

"好极了！你看，一个男子汉！"

他竖起大拇指，这是他最高的赞赏。

我做了一个别扭的微笑。

里头是一间相当狭长的房间。墙上排满了货架，上面堆着各种大大小小的纸箱：加拿大！最里头有一架螺旋楼梯，把仓库和爸爸所说的"行政办公室"连接起来。

这间办公室，像一条走廊，有一张木桌，两把破椅子，一个小架子上排着几本书，一面墙上贴着一张很大的城市地图。爸爸坐到一把椅子里，叫我坐在他对面。他交叉着腿，显出严肃的神色，对我说，他喜欢这个地方，他觉得这里安全。战争期间，他父亲因为德国人逃难，就在这儿找到了避难所。他被在法国安全的谎言欺骗了。当时，铺子是一个猪肉商兼收藏家开的，他向我祖父订购了许多珍奇物品，并在纳粹追捕他时收留了他。

最古怪的是，那是一个犹太猪肉商，特别鬼，专门做香肠和肉丁，从来没人找过他的麻烦。战后，我祖父向他买下了铺子做"加拿大"，也为了让猪肉商提前退休，出于对他永远的感激。

爸爸喜欢来他的办公室清点东西，思考生活的困难和要作出的决定。他觉得这里很自在。街上闪烁着一束彩色亮光，不时射进房间里来；在明暗交替中，地图映在父亲脸上，仿佛那些大街小巷真的变成了他的血管。

我从窗户往外看。潘哈德车在下面等着我们。一场毛毛细雨落下来，街道发亮，一切都好似上了漆。我又想到玛丽·约瑟，想到那天下午她好像没认出我的样子。我摸摸口袋里蒂纳 54 的模型，觉得今晚，一条细线把我和玛丽·约瑟连接起来了。

"爸爸？"

"嗯。"

他在看他的杂志样本，准备我们晚上的行车路线。在阴暗中，他只是个小小的轮廓。

"在爱着某个人的时候是什么感觉？"

他朝我仰起鼻子，出于奇怪的害羞，清了清嗓子。

"那是……等我回想一下……那就好像流放的结束。"

"你是说当离开祖国很远的时候？"

"离开祖国，也离开自己。你懂吗？"

"当然啦，你把我当成傻瓜了吗？可是有件事让我烦恼：爱情，在各个年龄都一样吗？"

"完全一样，我的老伙计。爱情，永远是草莓地里的同一颗原子弹。而那草莓，就是你！"

"我的伙伴哈依沙姆认为，不读爱情故事，人永远不会恋爱。"

"你告诉他，他根本不懂爱情。"

"我不敢，爸爸……不过没关系，我有时间得出自己的结论。这是些什么书？"

我随意抽出一本书。爸爸走过来，从我肩膀上看过去。

"亨利·博尔多……《罗格维拉家族》。现在没人知道这个了……一些家族史，从父亲到儿子。没有人再谈这类东西了……这是很差的文学……"

"不像亚历山大·仲马？"

"不，不像亚历山大·仲马。我们走吧？"

"好的，爸爸。"

他在大地图上给我指出要走的路线。他提到一些他好像很熟悉的地名，但我毫无所知。我们下到"加拿大"。一个小灯泡照着这个又长又窄的房间，发出有点脏、有灰尘的淡黄色亮光。父亲交给我一个长长的交货名单。我高声念着名单，他从搁架上取东西。真有意思，我们两个走着祖父的路子。

"给德拉朗德兄弟的莫里斯·沙奇的《安息日》原本？"

"对！"

我在名单的有关物品上打钩。

"给佩缇·米尤夫人的十本《拉瓦尔导游手册》?"

"OK!正确!"

"给毛莫尔中校的据说曾属沙拉·贝纳尔的一副假肢?"

"我有!"

"给勒楼神父的里奥代元帅的一封手稿信?"

"完好无损!"

我们把这些纸箱装在潘哈德车里。

"我们算一个优秀团队吧,爸爸?"我问。

"对,我们算一个优秀团队。"他的声音里含着微笑。

* * *

过了一会儿,我们重新钻入黑夜。潘哈德车装满了包裹,而我们,我们的样子完全成了圣诞老人。我们在城里拐来拐去,像城市里没完没了的细面条。我感觉完全迷路了,像鸡胸小丑那样转个无休无止。爸爸跟我讲他的杂志,他的顾客,一些极端敏感的人,接触时要像对炸药一样,特别小心,可是他的声音似乎从遥远的地方传来。有时,我几乎睡着了,爸爸把我留在车上,我看见他抱着个大纸箱远去,消失在一个能通车辆的大门下。半夜时分,我看见他从一栋时髦大楼里出来,一个穿着睡衣的男人在阳台上吼骂，爸爸朝潘哈德车飞跑过来，好像诺亚奔向他的方舟。

"他对你有意见？"

爸爸用他的大手绢擦擦脸。

"不知道。每次都这样。我从上面下来时一切正常，他表示满意，然后我走到楼梯就变坏了。这样还算好，有时我还未出门就骂。"

我们沿着植物园走，夜间一片沉寂……然后我们经过吕特西亚宾馆门口。

"你还记得那天夜里关于集中营的电视节目吗？"

"记得，关犹太人的地方……"

"不是所有犹太人，而是很多犹太人……咳，当他们终于从集中营里出来，那些没死的……他们最后就到了这个宾馆……"

"这是个漂亮的宾馆……他们应该高兴！有足够的房间给他们吧？"

"不是为了睡觉，小傻瓜，而是为了集中，为了重新找到他们的家人，或给他们找一个安家的地方。"

"一个类似编组站的地方？"

"可以这么说。"

"我把那晚的电视告诉了哈依沙姆，因为你知道，他是某种埃及人、土耳其人、犹太人合为一身的人……"

"同时吗？"

潘哈德车沉入完全荒凉的南行高速路上。

"是的，同时……就是因为他太聪明了。他不再需要遵守一般界限。反正，我从来没弄清他的脑子怎么运行的……他不爱说话……当我把那晚的电视告诉他时，他说他已经知道，那些纳兹……"

"纳兹？"

"是的，就是德国士兵……"

"纳粹……"

"照你说，纳粹……咳，哈依沙姆告诉我，他们用犹太人的皮做灯罩，还用他们的头发做枕头……我知道哈依沙姆很聪明，他几乎什么都知道，可是对这点我难以相信。"

"你错了，因为这是真的。"

"啊，是吗？"

＊＊＊

"啊，是吗？"玛丽·约瑟重复着不知道多少遍了，"你肯定？"

我在跟她讲从父亲那儿得知的关于蒂纳54的技术指标时玩点儿花样，但我看出她对这种饶舌不感兴趣。我又想起那次遇见她时她毫无反应似乎我不存在的情景，心想她一定是厌烦我跟在她后面。有时候，我也觉得自己可怜，特别是当我找到某些复杂的音乐术语想惊她一把的时候。

我把送给她妈妈的花束笔直地捧在胸前。我曾把它藏在书包里整整一个上午，花束已经折成四截。我很高兴选择了人造花，这更贵，但更不易损坏。归根结底也一样有品位。而且照我看，也一样让人高兴。我们走上去市郊的路。一些商贩在小广场上搭了些棚子。

"你看到吗，"我说，"这里会有个集市。"

她耸耸肩。她似乎躲在她反射着日光的浓密的鬓发后面。

"你怎么啦？你好像流泪了……"

"没有。是花粉。"

"圣诞节的花粉？"

她微笑了，但笑得很别扭。她说：

"如果你愿意，我们可以扮演海伦·凯勒。"

扮演海伦·凯勒，就是扮演瞎子，把眼睛闭起来，让另一个人的声音牵着走路。

她伸着两手往前走，像梦游人一样。我跟在她后面。

"注意信箱。往左……对了……现在直走，跨一大步，别踩着狗屎……来不及了……算了，继续走……"

* * *

我们在一张板凳上坐下。我们前面，一些人在玩滚球。天空变得灰蒙蒙，暗下来，似乎要下雪了。她说：

"我厌烦这种傻瓜游戏。况且，我要跟你说点事。"

"我猜猜。"

"你猜什么？"

"哎呀，我猜你可能厌烦我跟在你后头。你呢，你会拉大提琴，你什么都读过……"

"你呢？"

我耸耸肩。

"我嘛，你看得很清楚……在认识你以前，我压根没发现大提琴和小提琴有什么区别。我甚至以为这词儿要分开写。"

"我看不出这有什么关系。"

"有关系。而且，你懂的，《三个火枪手》，我只读了开头，而且是跳过了描写部分。我只是因为阅读才知道一个黑人的！没必要这么咯咯叫……你看，就连我送给你妈妈的这束花，我也不知道这是什么花，我只知道它是布料做的。"

"你总是有理论上的问题，如此而已。像你这么敏感的人都是这样。"

"你这么看？"

"是的。你缺乏能使你冷静地远距离观察事物的能力。"

在我们前面，一个家伙打出了一个好球，人群中一阵赞赏声。我差点把希格诺尔音乐会的事和盘托出，但我为了面子还是没说。

"你了解潘哈德车，"她说，"我相信学校里没人像你那么了解。"

我再次耸耸肩。

"这毫无用处。这种车已经不存在了。人们再也见不到了。再说，真正的专家是我爸爸。是以前扎克叔叔教给他的。哈依沙姆呢，是国际象棋和远距离观察事物的专家。你呢，你知道一切的一切，而我，什么都不知道。真气人哪。"

"好啦，你会有机会感到自己有用的，相信我。因为从我跟你说完事情以后……你在认真听我说吗？……"

"是的，我在听。"

我感到这是一个严肃的时刻，有点像爸爸叫我去刮胡子的时候。这是一个穿礼服的时刻，我检查裤子拉链是不是拉着的。她的眼睛直盯着我，仿佛要把我钉到云层上。

"那么，是这么回事。你记得上个月我曾缺席了几天……对吧？我告诉你我去看了一个年老生病的姊姊。"

我记不得了，但这没关系，跟这事关系不大。

"是的，我记得。那么这不是真的？"

"对。其实，我是去了巴黎一家医院，看了眼睛专科。"

我又想起在体育场跑道上碰到她的时候。

"为什么？你的眼睛有问题？"

"是的。"她简简单单地说。

"跟巴赫一样？"

我不知道开这个玩笑是自作聪明，还是出于彻底的愚蠢。她也耸耸肩。场地上，滚球员们用一根绳子吊着块磁铁去捡球，免得弯腰。他们真够懒的！我想。

"我有一种病，使我的视力渐渐下降。已经几年了，现在到了晚期。有的时候已经什么也看不见了。"

我越来越吞不下口水了，似乎整个场地上的灰尘哽住了我。

"昨天，在体育场……"

"是的，就是因为这个；可是我觉得，不久以后，整个时间都会变成黑夜了。"

我什么话也说不出来，越想找越找不到。

她说：

"你是唯一一个我能告诉的人……"

"为什么？你父母，他们应该知道呀。"

"他们当然知道我的病。但这个病还研究得很少，谁也不知道，除了我自己……到那个时候我只能一个人在黑暗里。对大家来说我还得有好几年。"

"我们应该能做点什么……在巴赫的时代，瞎子被看得不可救药。可现在不同了，肯定会有解决办法，有一些专家。如果找到了，甚至会有一些右眼专家，另有一些左眼专家。就像切鸡胸白肉的一样。"我急切地补充说道。

"没有。相信我。我研究过这个问题，甚至参加了一些讲座……没有办法，一点也没有……我会告诉你……我一点也不能告诉我父母……因为如果告诉他们，我就不能在这里读完这个学年……我会被送到一个专门学校里去，我就上不成我的音乐学校了……"

我不大明白她的意思，肯定是因为，正如她所说，我缺乏远距离看问题的能力，使我没法冷静清楚地观察理解事物。

"为什么你父母不同意你去音乐学校？他们不知道你在准备比赛吗？"

"当然不是。他们还希望我保持视力，至少再保持几年。如果他们知道我瞎了，就会把我安置在一个设计得很漂亮很高级的地方去，那是为像我一样的残疾人提供跟正常人同样待遇的专门机构。噢，他们当然会让我过生日，让我在年末节日尽情玩耍，可是我听到他们议论：我一旦失明，他们就得保证我的安全，完全禁止我在音乐上下赌注。"

"太糟糕了，这种情况！"我挠着后脑咕哝说。

"这是我唯一的希望……你明白吗……挨到六月，我得孤注一掷参加比赛。一旦我成功了，学校接受我了，我父母就不会反对了……你不相信吗？"

"相信，肯定的。"

我不知道为什么，又想到吕基·吕克和他对自行车的嗜好。

"总之，我们得冲出队伍，保持领先直到赛段结束。"

"要的正是这个。"

"即便如此，还得准备最高阶段的登顶！"

然后，我又想起我的乌鸫，被装在一个铺满棉花的盒子里，半张着黄色的小嘴，以一颗沉重的心在抓紧生命。

广场现在空无一人了。玩滚球的人们聚集在一家烟雾腾腾的小咖啡馆里，跟商贩们聊天。他们的生活显得简单而安宁。

"可是，告诉我，要做得好像什么都没发生是很难的……"

恰在这时候，我想到一件事，我说：

"那么，开学初你给我塞数学答案的时候，你就已经想到……是为了你看不见以后让我帮助你吗？"

"起初不是，我没想到。我给你答案，是因为你的脑子让我感兴趣，有点像另一个时代的……你有点像……"

"像里诺·文图拉，我知道。我有个过时的脑子。后来呢？"

"不要一开始就这么看我……后来我觉得你挺机灵，也挺大方，挺敏感。你肯定能帮助我，不会扔下我不管。后来我爱上了你，就再也没有考虑任何其他的了。"

我怀疑自己是不是听错了，我又想到了流放的结束。我好想让她重复一遍，但看她脸红了，就宁愿不说了。我怀着怦怦乱跳的心，盯着花束，寻找花朵的名字。然后，就这样，我数起花瓣来。我们看了一会儿天上的云。我只有一个愿望：飞快地逃走，不回头。不知道为什么，但我又想起我跟爸爸一起看的有关集中营的电视。

玛丽·约瑟坚定的声音把我从思绪中拉了回来。

"就这样，我们把情况总结一下：1. 几天以后，或最晚圣诞假期以后，我就瞎了……"

"像海伦·凯勒一样吗？"我觉得应该给出一个文化参照。

"正是，像海伦·凯勒一样，只是我还能听见。2. 我需要你帮我瞒过学校。我的成绩不能下降，因为这所学校是留给佼佼者的。可是现在靠我一个人达不到。所以你得做我的阿里阿德涅引线①。3. 明天，我请你逛节日集市。现在，我们去吃饭，我妈准备了意大利面和最好吃的餐后

---

① 希腊神话中，阿里阿德涅用小线团帮助忒修斯逃出迷宫。

点心。

* * *

我被带进一间大客厅里，厅里洒满大玻璃窗反射进的阳光。玛丽·约瑟的母亲走出来，我向她献上花束。她低下头去闻一闻。

"不用闻，太太。这是布料花。我想这能保存更长的时间，而且更高雅。"

"你说得对。"她说着，让我们坐到一张桌子旁，桌上摆满可口的小吃。

玛丽·约瑟的父亲跟我们一起，坐到桌子边，他优雅地架着腿，打扮得像个绅士。

"那么，维克多，我想你跟玛丽·约瑟在同一个班吧?"

"是的，同班。但我们不在同一个锦标赛里玩儿。"

他们笑了笑，这就已经赢了。我开始啃一种像小西红柿但硬得多的东西。

"对不起，维克多，这东西要剥了壳吃。"玛丽·约瑟的母亲亲切地说，向我递过一把专用钳子。

"你喜欢学习吗?"她父亲问我。

我思考了一阵。玛丽·约瑟的父母微笑地看着我，眼里充满了怜爱。我发现玛丽·约瑟的嘴唇长得跟她母亲很像。

"您可以这样认为，我一点儿也不讨厌学习，可是学习讨厌我。"

"你知道爱因斯坦到五岁才会说话，直到那个年龄他还被认为智力迟钝吗？"

"他运气好。我呢，是到了这个年龄才出现这类问题。以前，倒没人说我。"

玛丽·约瑟的母亲到厨房走了一个来回，她的步态灵活而又谨慎。我感觉自己处在一个超声波完全不同的世界里，心想："爸爸，要是你看见我，可别吃惊啊！"

"或许，你也在搞音乐？"她父亲问我。

"一点也不，先生。我永远分不清一场交响乐和一场交通事故。以前，我爸爸出钱让我听了几堂钢琴课，可是如果您让我坦率说出自己的意见，这钱等于打了水漂。"

玛丽·约瑟插话：

"维克多说是这么说，可其实……"

我的耳朵开始嗡嗡作响。她看着我。我闭上眼睛，屏住气，仿佛面对着行刑队。

"……他是一个优秀的音乐迷，很善于听，评判得很敏锐。"

我羞得要死，部分是因为希格诺尔的秘密，多半是因为她的恭维。

"你知道我们女儿到学年结束时要通过一场比赛进入一所很有名的音乐学校吗？我们很为她高兴。这将是你生活中的一个转折吧，玛丽？"

她朝父亲笑笑，然后把目光盯着我，类似某种分享秘密的结盟。

"过五分钟就好了。"玛丽·约瑟的母亲说着，回来跟我们坐在一起。

好极了，我心想。面条会恢复我的信心。我这个人，总是要先填饱肚子，才能放松脑子。

餐桌上，盘子周围，两套通用餐具还加上几种小餐具，杯子里插着玫瑰色餐巾叠成的优雅地张着翅膀的小鸟。这种礼遇给我深刻的印象。

由于不想被人认为粗鲁，我宁愿不提有关成套餐具的问题。说实话，我只要一把叉子就足够了。我窥探着玛丽·约瑟，试图跟上话题，同时像她那样按顺序使用餐具。这有些复杂。尤其第一道菜，一种软软的牛奶鸡蛋烘饼，要用一把小汤匙放在一把大调羹上，再用一把斜抹刀抓住它。我碰上了跟使用圆规同样的困难，总是在最后一下打滑。

玛丽·约瑟的母亲把宽面条盘子放在了餐桌上。

"在学校里，你更喜欢哪门功课？"她一边问我，一边拿起我的盘子。

"哦，您知道……这要看情况！"

"看什么情况？"她把装满意大利面条的盘子还给我。

"看日子，对，看日子。总的说，我更喜欢绘画。"

这叫灵机一动，因为客厅的艺术气氛照亮了我的灵感。

"抽象绘画吗？"

这是一个我压根不懂的词儿，恰恰因为它太抽象。

"当然，"我说，"这美得多。"

然后，我有时间喘口气了，因为他们之间谈起了将要在伦敦和巴黎举行的现代艺术展览。他们交谈时，我猜想爸爸在干什么，想象他把头钻在潘哈德车里，满手油污。他肯定为了不浪费时间而把夹心面包放在化油器上。最后我又在谈话中落脚了。我一点儿不知道谈了什么，那谈话使我想起某些点线画课程。

最后，我们坐到长沙发上等餐后点心，翻阅展览目录。那是一些打了好多叉的五颜六色的绘画。看的时间久了，居然也觉得有点趣味。我发表高见：

"我觉得，说来说去，要对一件东西感兴趣，只要看久了就行了。"

"哦，福楼拜！"玛丽·约瑟的父亲漫不经心地说。

"什么？"

"没错，这话是福楼拜说的。好像是说一棵树。"

我一直相信，福楼拜为《新观察家》工作，我没法把它从脑子里拔掉，因为是我亲爱的扎克叔叔过去告诉我的。

醒悟到我们能跟名人有同样的想法总还是新奇的，因为他们的严肃性和非同一般的才华；这产生了有趣的效果：不知道是我们长大了还是他们缩小了。我充满自信，于是继续发表我的美学观点。

"况且这是真的，请看，这些小叉叉，嗒，你要是看久了，就发现它代表一个在洗澡的女人。"

"你看出来啦？"玛丽·约瑟的父亲真的来兴趣了。"一个洗澡的女人……真的？"

他颠来倒去地看这本书。

"就是呀！您仔细看，那，手臂，脖子，而这里，乳房……女人的东西，那儿，浴缸边上……甚至能看见肥皂，您看，甚至很清楚呢！"

他们三人好像看珍稀动物似的看着我。

"名字呢？这幅画什么名字。"玛丽·约瑟问。

"名字？什么名字？"

"在那儿，你看清楚：《单色画工厂》。"

我耸耸肩。我不强调"单色画"这个术语，因为这在我能力之外。

"那么小，也算名字。而且，一个名字不说明什么。你看，三个火枪手，其实，他们是四个人！所以嘛……当然啦，那不是现代艺术。不过你看，我们现在所做的事，名字还算什么……"

她耸耸肩。

"注意，他说得对。"她母亲说，"音乐上也差不多。以前，有个《第七交响曲》，很清楚地表示，它是在第六之后，第八之前。可是现在……"

然后，受到如此鼓励，我觉得应该发起对现代绘画与《布尔和比尔》之间的比较了，但我看出他们谁也没有读过，尽管他们尽量掩饰。

我们继续这样亲切地交谈了好长一阵。我有了自信，感觉良好，我开始觉得，除了潘哈德车以外，可能还存在其他一些令人感兴趣的东西；可惜这一切最后有点败兴，因为我缺乏能力证明。玛丽·约瑟的父亲突然问我：

"你喜欢布丹①的晚期作品吗？"

我起初怀疑他嘲笑我的缺点，这是我常有的感觉，那么……随后我心想，看他的经济状况，除了猪肉商和拍卖估价员以外，他应该还有一种职业才够开销。②

由于我在犹豫，他告诉我，上星期，他费了九牛二虎之力售出了好多的布丹，恶心死了。可是有谁逼迫他这么卖力呢……

"你明白吗，其中有一个布丹发到柏林去，卖了三

---

① 指欧仁·布丹，法国画家。
② Boudian 在法语中还有"猪肉血肠"的意思。

百万。"

一个猪肉血肠卖三百万！他也没有必要这么吹吧。

"它可能很长吧?"我试探地问。

我觉得这价钱太夸张啦。玛丽·约瑟发呆似的皱着眉头，然后突然大笑起来。我一出现这种情况就用袖子去擦胡子。

"不，一点不长。边长只 30 厘米，一点不多。一个小布丹而已!"

一扇猪肉血肠三百万，我开始觉得价钱有点儿可疑。玛丽继续笑。我悄悄检查裤子拉链，没问题，拉着呢。

"我呢，更喜欢蓝色布丹。"玛丽·约瑟的父亲说。

"我相反，喜欢他烤的。"

玛丽·约瑟俯向我，想偷偷告诉我什么。我做个不用的表情。

我能知道这个名欧仁姓布丹的人是个画家吗? 我能想到有这么一个名字吗? 布丹先生……我心里暗笑，表面上仍装作很严肃。最后，玛丽·约瑟的母亲端来一个大盘子，这是甜点的仪式，又是意大利的东西，值得恭维一番。

"天才作品! 一个卡马苏塔! 谢谢，我喜欢!"

我带着感激的最美微笑伸出自己面前的餐盘去。

大家全都惊呆了，我很清楚，因为我用眼角扫着他们呢。

"一个……一个什么？"玛丽·约瑟逐个音节地问我。

"一个卡马苏塔，意大利点心，那不是？我们把它吃了，还是放到博物馆去？"

"好了，我明白了，"玛丽·约瑟的父亲说，"是提拉米苏吧？"

"对啦！"我确认，"一个提拉米苏。"

出现一阵沉思，带着点非常奇特的气氛。

总的来说，我觉得给人的印象很不错。

* * *

这一切并不妨碍我天亮前做了一个噩梦。我在一条平静的河上钓鱼。突然有个东西把钓丝钩住了。于是我用尽全身之力去拉，结果拉出一条软绵绵黏乎乎的猫鱼，落在发着荧光的绿草上，那骇人的样子让我吓醒后还心有余悸。不过白天倒没出现什么特别的危险：我得在趣笑宫的棚子前会见玛丽·约瑟，然后"地铁"要来家里排练他决不放弃的演唱会。爸爸有点失望，因为他头一天已经把潘哈德车调整到最佳状态，准备带我去参加一个老爷车的聚会；但他知道，这一次我有优先权。于是他建议我去刮胡子。

在赶往节日集市的路上，我盘算着怎么逃避演唱会。当然，我仍然热衷于手舞足蹈，发出震天响的声音，但跟玛丽·约瑟那清脆缠绵的音乐一比，就觉得还是有好大的差距，她念音符比我念文章还美呢。

当我看见玛丽·约瑟站在趣笑宫前的时候，就嘱咐自己停止胡思乱想，不然会使下午败兴，人在 13 岁的时候，事情总会顺利解决的。我们在棚子之间转悠，我不明真意却提议吃个爱心苹果，话一出口脸却红得跟苹果一样。她以古怪的神色看看我，然后我们在苹果两边各啃了一口。

"你长出了红胡子。"她对我说。

"你也一样。"

我们相视大笑，然后带着胡子，钻进了一个巨大的透明迷宫。那儿真得小心，否则会在透明墙壁上碰破鼻子。一些孩子大声哭叫，因为他们与父母走散了，看得见他们，却永远无法跟他们会合。这对于他们似乎是学习流放。我心想在生活中是不是跟这儿一样。人在那儿，互相绕着转圈儿，苦于不断想触到对方却永远达不到。玛丽·约瑟和我，我们保持着向心力，就这样旋转了好久。但过段时间，我回头一看，却发现已经没有人了。一个空白，失去了方向。玛丽·约瑟在后头几米，她帮助一个小孩站起来，用一块满是血迹的手帕给他擦鼻子。我想起我的乌鸦。随后，母亲过来跟她孩子会合，她把他搂在怀里，嘴里嘟哝说，迷宫真是个烂货，亏他们想得出发明这样的东西。后来，我想跟玛丽·约瑟会合，但犯了同时移动的错误，结果我们始终各走一边。我们总觉得就要互相碰上了，到最后才发现我们不在同一条走道上。起初这真让我们发笑，但过段时间就觉得没意思了，让人害怕了。我试图静立不动，远远地带领她，或相反，让她带我，但没用，没法互相会合，互相接触，似乎无法再互相引领，互相帮助，甚至无法互相理解。最终我们走到一个有机玻璃隔断的死胡同里。玛丽·约瑟露出一脸苦笑，我则不知道是在做梦还是在现实中。玛丽张开五指贴在玻璃上，我则把手指贴在她手上。给人感觉我们两个就这样被钉死在十字架上，面对面，每人在十字架的一边。我们就这样互相呆看，摆脱不了了，仿佛两个人在一面镜子里对视。终于，我们在外面会合了。阳光灿烂，一股爸爸的大胡子的味道。我们坐上一辆碰碰车，玛丽·约瑟要开车。

"你懂吗，这可能是我最后一次能驾驶这种车了……"

我觉得大家都在看着我们，我很高兴，因为我觉得我们的车比别人的车更名贵。只是好几分钟以后我才发觉玛丽·约瑟在闭着眼开车，这时我想，要这样带着她直到学年结束不被人察觉还真是不容易。我几乎要谈起这个话题，但最后还是没敢提。

我们双腿颤抖地回到了节日集市上。旋转木马的灯光与圣诞节灯光混合在一起。天气很冷，我们嘴上冒出两小朵凝霜的水汽。玛丽·约瑟一下子仿佛静止不动，突然紧紧抓住我的胳膊。

"我们去坐坐幽灵火车吧!"

她一想到我们一起担惊受怕,就露出那么幸福的神色!我并不害怕,装作很放松,但其实,我没法把某些很发愁的、比世上所有鬼怪更让人担心的影像从脑子里排除出去。我看见玛丽·约瑟,带着她的小箱子,孤孤单单被留在一个为瞎子开设的专门机构里。她在空虚中做了个再见的手势。我心想绝对得去问问哈依沙姆的意见,肯定只有他能帮我看得更清楚。后来,我停止纠结这些念头,因为几个闪着磷光的发着"呼呼"声的骷髅骨架出现在我们面前。玛丽·约瑟吓得紧贴着我。我觉得她的头发擦得我脸上发痒。我心想,幸亏我想到了刮胡子。后来好久,我们的火车才停住,还听到漆黑中悲惨的鬼叫。玛丽·约瑟悄悄对我说:

"我怕鬼!"

我来不及回答,就觉得她的嘴压在我嘴上。她压得那么紧,以至我觉得舌头上贴着一头牛。而我感觉,她的舌头仿佛一根曲轴,在我嘴里不停搅动,我想大笑,但我忍住了,这样更好。恰在这时,火车又出发了,没有魔鬼了。我们恢复了距离,重新沐浴着阳光。想必有一点不自然。她显得神思悠悠,于是我想,她肯定后悔了。

"你的样子在发愁。"我说。

"不，一点不愁。我只是想，是不是必须这么做。上星期在牙医那里，我在《调情与温柔》杂志里读到方法，相信就得这么做；可是按照方法做，总是走向反面……"

"不，这是对的。至少在理论上。"

"在实践上呢？"

"不知道，我只知道理论。"

* * *

然后，我们迅速离开了，因为她得去练大提琴；而我，艾蒂安和马塞尔的排练我要迟到了。真逗，因为我们握手了，我想，亲密，并不是一件那么容易的事；我对带着这种良好印象的告别并不生气，在某种意义上，我正急于对情况做个总结。而做这种工作，正如爸爸常对我说的，必须独自进行。

家里一个人也没有，没有爸爸，没有艾蒂安和马塞尔，也没有潘哈德车。完全空的。我爬上顶楼我的房间里，坐到书桌前。我接近沉思状态，那是使自己就一个主题进入长时间深入思考的行动；我相信，这绝不会有坏处。我想到我亲爱的埃及人经常做"尼罗河鳄鱼"，我照他的样子做觉得很安心，他似乎从这种沉思状态中获益不浅。我操心的第一件事是，怎么逃避希格诺尔的音乐会，又不被看成不讲信用，而且不伤"地铁"的自尊；第二件事是，知道自己够不够资格去帮助玛丽·约瑟。这是两个问题。

我听见院子里响起潘哈德车的马达声和人声，我从窗子上看到艾蒂安和马塞尔跟爸爸回来了，爸爸带他们去转了一圈。我下去找他们。我很快看出有什么事情不太对。艾蒂安告诉我：

"待在家里好烦！"

"为什么？"

"因为有人闹离婚。"

见我一头雾水，马塞尔解释：

"'有人'，是指我们父母，他们整天吵架。他们在后续事务上意见不一。在抚养我们的问题上，他们要打官司。我猜他们在这个问题上会互相厮打。"

"他们不能把你们俩分开，一个地铁站切不成两个。过去有一个这样的国王，想把孩子们分成两半来分配，可我想不起他的名字。"

"反正是伤脑筋，"艾蒂安说，"我没想到他们会在这个问题上吵成这样！"

他显得很忧伤。我发表见解：

"这很正常。所有父母都为争孩子争吵。反正差不多……"

对母亲的回忆掠过我脑海。他们瞪圆了眼睛看着我。

"完全不是那回事。恰恰相反，他们都厌烦我们，两个人谁也不想抚养我们。在官司上，妈妈攻击爸爸，是要我们跟他去；而爸爸则相反。谁都想证明对方照顾我们更好。爸爸肯定地对法官说他会打我们；妈妈则说，她窝火的时候会要我们做饭洗碗。"

"真新鲜，"我说，"有一天，我跟爸爸在电视上看到这个题材的节目，但他们没讲到这种情况。"

他们的样子让人担忧，完全不在正常状态。我心想，现在不是跟他们讲我关于音乐会的决定的好时候。我们开始演奏。我拨弄着吉他，对着麦克风吼叫，一点自信也没有：

"不要推我/我相当用功/我需要放松/不要推我/我行走如风/我们已经快被逼疯。"

"你的歌词，特别是韵脚，好极了。"艾蒂安以内行的口气说。

我猜想他说这话是为了讨好我。我是在反抗的时候写出来的，而反抗有时会让你做出或想到事后根本无法理解的事情。

马塞尔进一步说：

"你应该把它拿给法语老师看。她肯定会对着全班高声朗读，这有点像……你知道的……"

他想把我跟我们学过的一位作家相提并论。

"对了，像波德莱尔。"

我耸耸肩，但还是说：

"你们不觉得我们的音乐有点太吵闹吗？"

我立即醒悟到我走得太远。他们互相看看，我觉得他们要蒸发了。于是我后退一步，随便找点话说：

"没有啦，开个玩笑。无论如何，需要本能的时候，就会有本能。"

"什么本能？"马塞尔一点不懂象征性表达。

"一个形象，"艾蒂安说，"他是说诗歌本能，说只要有音乐狂热，什么视唱练习曲，就别管那么多了！嗯？"

老天爷乐于帮忙，你为了摆脱困境随便说一句什么，都有人能理解到你压根没想到要说的意思。

"对，就是这意思！"我归结说。

同情真叫人伤脑筋，因为它让人乱说话。我想到玛丽·约瑟要去音乐学校，花好几年时间去学她的乐器。诗歌和音乐的狂热，都特别需要职业精神。但我怎么对艾蒂安和马塞尔解释这一点呢？后来我们改变了话题，因为艾蒂安就他想另走一条职业道路的问题，去问过就业顾问。他跟她解释说，他要放弃做鸡肉切割工，去做一名肛门直肠科医生。但顾问不了解这门职业，他就跟她解释说，就是有关屁股洞的专家。她却以为他讥讽她，气得七窍冒烟，告到吕基·吕克那里，吕基·吕克罚他课后留校，而且威胁他要取消演唱会。

"我呢,"他说,"我觉得这种态度并不是在鼓励学生做职业规划。"

* * *

晚上,带着对这个词的疑问,我看了爸爸给我的词典。

肛门直肠科医生:肛门直肠科专家。

由于这解释没清楚多少,我又查了"肛门直肠科"。

肛门直肠科:治疗肛门和直肠疾病的医学部门。

当然啦,这门专业需要好几年的学习,有点像牙医。这么学过以后,我下楼去看爸爸,他在看电视。我们在看一部叫《八月的巴黎》的查理·阿兹纳弗主演的电影。这是一个有趣的故事,我非常喜欢。照我看,这是一部相当棒的、非常感人的影片。渔业部门的小职员撒玛利亚,一个平凡的矮个子男子,当他妻子外出度假时,他陷入了对一个美丽的英国少女的爱情,她是模特,来巴黎旅行。为了能获得假期,好自由自在地跟她来往,咳!他想出一个最妙不过的主意,把一个钓钩深深地扎进手里,以期获得社会福利的预付工资。这样,钱准时付给,十拿九稳。爸爸入迷地看着电影,我不知道是不是因为太阳把巴黎炸成了一座没有居民的空城,或是职员与模特的爱情故事把他征服了，似乎他痴迷到要去舔电视屏幕了。我呢，这故事使我产生一个念头，起初有点模糊，可到第二天早上就清楚了：一大早，我就钻进地下室去找爸爸的渔具。我看到12号钓钩好大，全生锈了。我又想到电影《八月的巴黎》和把钓钩扎进手里的阿兹纳弗。我心想这是为了正当的事业。说到底，我这是为了玛丽·约瑟，免得她听见我吼叫，使她失望。做傻事是可笑的，可一旦我学会了从更高更有尊严的角度去看问题，那就在所不惜了。这就是我的观点，如此而已。我闭上眼睛，把钓钩扎进左手。我大吼一声，眼睛模糊了。幸而爸爸及时赶到，在我倒地以前抱住了我。接着，他用一大块布裹住我的手，裹布渐渐变红，我们坐着潘哈德车向医院奔去。急诊室走廊装饰着花冠，一个高大的圣诞老人似乎在守护着病人。在候诊时，爸爸对我说：

"我还是要问，你怎么一早就在地下室里给自己扎钓钩……"

为了打断他，我又呻吟了两三声。

"现在你让我想起二十年前在卢瓦尔河上钓起的白斑狗鱼……"

"爸爸，"我在昏迷以前说，"你别担心，这是为了爱情，给自己结束流放……"

我感到他把手放在我头上，这便是理解。

8

　　圣诞节后开学那天，哈依沙姆问我手上的伤是怎么回事，我本来想把一切全告诉他，包括从一开始的真相，还想问他我该怎么去帮助玛丽·约瑟。可最后我告诉他我被潘哈德车的车盖压伤了。他以一种古怪的神色看着我，似乎在说：你为什么骗我，既然你知道这没用？他在跟他父亲下棋，不时交换几句我从来听不懂的奇怪术语：东印度防御、尼姆佐-印度防御、鲁宾斯坦兵阵、萨米奇变型、斯皮尔曼变型、西西里防御。我第一次琢磨起这种跟世界一样复杂、一样令人不安的棋来，我觉得学校也是一个充满陷阱的大棋盘，玛丽·约瑟和我都将在里头艰难迈步，就像在节日集市的迷宫一样。几天以来，我喉咙里好像有个结，随着开学的临近越拉越紧。圣诞节期间，哈依沙姆在读他父亲的理论书《国际象棋的超现代革命》，但大概是由于对玛丽·约瑟的担心，我对他这种魔鬼似的聪明不那么欣赏了。

　　棋局结束，我们开始吃香糕，哈依沙姆的父亲对我们讲起他的故乡土耳其城市伊斯坦布尔。金角、博斯普鲁斯、加拉塔大桥，等等。这不是回忆这些的好时候，因为学生一群一群拥进来，但似乎没太打扰他。一般情况下，我不敢向这位尊贵的埃及人的土耳其父亲提问，但那天，我还是问他，他从来没有重返故地的愿望吗？

"土耳其不再是土耳其了……这是一个梦幻国家……让人难过，但就这样！唯一能做的事，就是继续梦想它光荣的过去……"

我明白他沉浸在思乡的感伤中，而我受到他经常提到的一些古怪名字的震撼，也做起梦来……伊斯坦布尔、卡西姆·帕夏、加拉塔大桥、王子岛，这个美妙的王子岛，他童年在那儿住过，他一定想在他的传达室小屋里做一个微缩模型。

铃声响了，他只得又回到地面上。

我用目光寻找玛丽·约瑟，满心担忧。我碰见走向另一个教室的马塞尔和艾蒂安。我真的以为他们再也不会跟我说话了，直到时间结束也不会理我了，但他们还是问了我手的情况。取消演唱会并没有给他们带来太多的问题，因为就在那段时间，他们的父亲正企图用艾蒂安贝斯的"re"弦勒死他们的母亲，而母亲则用排鼓的鼓槌打父亲的头来自卫，把鼓槌都打断了。现在则是带切尔诺贝利气氛的全面战争①。

然后我发现数学老师真的变漂亮了，头发上打了一个结，很有新意，几乎有点儿俏，她还是瘸腿，但看起来瘸

---

① 指 20 世纪 80 年代苏联切尔诺贝利核电站核泄漏事故。

145

得没那么厉害了，因为她脸上更好看了。没见到玛丽·约瑟，我脑际浮现出一些最糟的状况，她可能已经被强行送进一个专业学校去了。

数学老师向我们祝贺新年，祝我们获得希望得到的一切。我第一次能给这句话放进某些确切的内容。玛丽·约瑟始终没来，我真的开始愈加担心了。我们着手做一道练习，一道我还越不过去的难题：

展开并约简：A＝3（X+1）＋（X+2）（X−3）。

我一直嘀咕，哪来这种数学怪癖，刚刚展开马上又要约简，严肃点吧。

正当大家开始演算的时候，响起了敲门声，是玛丽·约瑟。这下好了，我马上看出她身上出现的变化。她道了歉，准确地跨出三步，给老师递上迟到假条。她在地板上迈着平稳的步子，但似乎是宇航员的步态。她目光笃定，但我看出那是空的。我看看她的脚，看出她着力于迈出正确的步子。她静静地坐下，像往常那样拿出文具，没有任何习惯以外的动作。我不知道该对她说什么，她的镇定让我害怕，一种对钚元素的害怕，这是当时脑子里蹦出的一个词。别人都在做题的时候，玛丽·约瑟低声对我说：

"快……告诉我该干什么。"

我尽可能低声地说：

"展开并约简：A＝3（X+1）＋（X+2）（X−3）。"

"好，你做你的。"

她开始集中思考，嘴唇微微嚅动，接着她在本子的一页上写着，但写得歪歪扭扭，横七竖八，仿佛高低起伏的俄罗斯滑车道。要我说，简直就是鬼画符。她凝滞的目光和使人晕眩的书写，是从第一天起就会让人紧张的动作，或无论如何都会引起严重怀疑的动作。老师开始在各排座位间巡视，始终把她的死娃娃带在右腿上；一个死娃娃，肯定重得出奇，尤其当它住在身体的某个地方的时候。我心想她马上会看到玛丽·约瑟乱七八糟的书写，于是我一不做二不休，把她的纸夺过来放在我面前。大家都朝我看，老师也被引过来。我把纸递给她。

"这是结果，"我语气镇定地说，"写得很不好，但我相信是对的。"

"是的，做对了。可是为什么写得这么乱？"

我大脑飞快地转起来，脱口而出：

"是因为暴风雨……"

"暴风雨？"

"数学暴风雨。就像，灵感的爆发。在诗歌或音乐上经常发生同样的现象。"

我目光直视着她。我发现，用镇定的语气说任何话，往往都是跳出困境的最佳办法。她不知道该说什么了。她将视线转移到玛丽·约瑟身上，问她能不能对全班念出她的答案：

A＝3（X+1）+（X+2）（X-3）。所以：

$A = 3X+3+X^2-3X+2X-6 = X^2+2X-3$

我真的非常惊讶，因为她毫不拖泥带水地把这一切从黑暗里拉了出来，只靠智力的杂技和记忆力。我则毫无疑问是个可怜虫。当其他人闹哄哄地整理书包的时候，玛丽·约瑟面无表情地凑近我，悄悄说：

"你走在前面给我开路。别离得太远，我还度量得不太清楚。让脚跟踏响点地板，我才不会跟丢……"

她做了个可怜的鬼脸。在走廊里，人家以为我在跳安达卢西亚舞。我碰到凡·高，他耳朵上还贴着胶布。他对我说：

"哦，你假期去了西班牙吗？"

可是我不愿理他，只简单地回答我讨厌他。他也说讨厌我，但我预见到他这一招，便针锋相对地回答他：

"你讨厌我很正常，因为你是个屁股眼。"

我不知道为什么，但这个回答，把他所有攻击的嘴都钉死了。玛丽·约瑟和我，我们到了院子里，在那儿，我放开她，就像牵引飞机放开滑翔机单飞一样。我看见她步子坚定，嘴唇嚅动，明白她在数步子，而且肯定她也是用同样办法给老师交条子并回到座位上的。一想到这，我相信自己要佩服得晕过去了，泪水涌上了眼眶，这样有点夸张，但我有这个权利。

傍晚，在去她家的路上，她对我确认了这件事：她采取行动已经好几个星期了，现在一切都记录在她脑子里。整个学校变成了被切成几块的一张巨大的几何图形，长宽全都丈量过。

　　"你看，比如，从你埃及伙伴的小屋到作文本搁架，要走 12 步。从门口到吕基·吕克办公室，走右边 28 步，走左边 37 步。从卫生间到食堂，没有展板的时候 78 步，有展板时要绕弯，走 117 步。"

　　我们继续向村子走去。我对她似乎知道每一步到了哪里感到吃惊。我暗想她是不是要把我引上船，她是不是真的瞎了。但我马上对这个念头感到羞愧。有一瞬间，我来不及反应，我看着别处，突然听到一个奇怪的声音，好像敲锣，我发现她跌倒在信箱旁边，她被碰到了。她擦着额头，那里长出一个大红包，她脸色苍白，于是我明白她灰心了。她显得健康自信，从隐瞒疾病以来更是如此。但这一切，都是她出于自尊做出的巨大努力，其实，她跟大家一样，因病而孤独无助。她忍住哭泣，我看见她亮晶晶的眼泪挂在她看不见的眼睛旁边，我惊异莫名。我俯向她，她抓住我的胳膊，慢慢转过身来，我把她扶起来。她就像一个很容易扶起的物体，我好像又看到我那只瘦弱已极的小乌鸫。她站起来，我们默默无言地重新上路。她仍然亲近地抓住我的胳膊，我不知道自己是担心还是希望见到一个熟人。我经常看到一些老年夫妻这样一前一后地散步，这样的牵手，让我觉得生活在大地上要重得多、模糊得多了；我又想到爸爸关于爱情和结束流放的理论，指的就是这个。我用眼角看着她，因为我觉得，如果我放肆地看她，她会察觉出我在观察她。我在无线电广播中听到，失去视力的人直觉更强。我甚至查过词典。

直觉：不依赖推理的迅捷认知方式，对不能验证或尚不存在的事物或多或少精确的感觉。

直觉，是实用的东西，在生活中很管用。

我们走到教堂前，她问我：

"你的左手怎么啦？这个绷带是怎么回事？"

"我被鱼钩钩住了。"

"被鱼钩钩住了？"

她转向我，这下可不好办，不可笑了，因为她把眼睛扎进我眼睛里。我没有办法看懂失明的眼睛。

"是呀。反正，我在翻找爸爸的渔具时，把一个 12 号钓钩扎进了手里，后来在转钓丝筒时又被钓丝缠住了。我可以告诉你，我并不想当白斑狗鱼的。"

我看着她鼻子以上两眼之间的地方，免得使自己慌乱，因为我也不敢完全看别处。这下，我可以松口气了，因为她说：

"对，我知道，别担心，直视一个瞎子的眼睛是很难的……你能怎么做就怎么做吧，如果你愿意，我可以不看着你说话……"

"看着我？可是，对不起，是我看着你。"

"那是你认为的，因为你不知道；可是我是在看着你，你要我停下来吗？"

她说这话大概就是因为直觉，因为是很实用的，不需推理的认知方式。那么，我说什么才好呢？

"不，我宁愿你继续看着我，我很喜欢你看着我……"

某些东西，只有在说出它以后，才能醒悟到它的真实。她微笑了。这时，我心想，真的，不一定只有眼睛才能看。人们在生活中，终归会慢慢地领悟到某些很重要的东西，这几乎让人难以相信，因为直到那时，大家都没在意。肯定，我们都在悄悄地变得不那么小了。

集市从场地上撤走了，玩滚球的人回来了。不时听到金属球的撞击声。

"我们进教堂去吧？"玛丽·约瑟问道。

我想起第一次跑进这个小教堂的情景，在那以后的四个月里我进教堂的次数比过去十二年还要多。教堂里头阴暗而冷清，我心想，教堂对那些需要得到安慰的人来说并不是那么受欢迎的地方。舒适，对安慰来说很重要啊。如果为了得到安慰而要受更多的苦，这一点意思也没有。我知道不能太过于听任自己的想法，可是毕竟……在教堂里，我明白是她在引导我，而不是相反；真的，应该说，她在那里能看见一切，而我完全是瞎子。我们站在手里抱着受尽伤害的儿子的圣母面前。宗教的那些东西，我一向不太喜欢；坦率地说，十字架上的那个人不大来我心里。但在目前情景下，我愿意对精神的东西感兴趣，愿意敞开心灵。在圣母面前，玛丽·约瑟在窃窃私语，我猜想她应该在祈祷什么。然后，她俯向我，问我：

“你相信奇迹吗？”

请相信我，回答这个问题，我真的很为难。

“这取决于……”我迟疑地说。

“取决于什么？”

“哦……取决于……取决于……对了，取决于奇迹！”

这下好了，我们再没有说话。在把她留在她家大房子的门口以前，我对她说，别忘记准备参观卢浮宫的钱，我们的美术老师春天会带我们去。她噘着嘴，我看出她很伤心，因为对什么都看不见的人来说，绘画，要比数学麻烦得多。我对她说，我会想办法。然后我们告别了，我看见她略带僵硬地沿着花园小路走。我猜想她在集中注意力数着步子。这就是她目前的生活，一种数步子的生活。

我一口气跑回家里。爸爸正在潘哈德车发动机里忙着。他问我能不能帮他，我回答说我有功课。他很想笑笑，但我看出他忍住了。我还是建议他检查双效空气涡轮机，因为我觉得发动机发热很厉害。我吃了点东西，然后趴在窗子上问他：

"告诉我，爸爸，在卢浮宫能看到哪些画？"

他抬起头，手里拿着18号扳手。

"《约贡特》①。"

我真幸运，有一个这么有文化的父亲。

在房间里，我找出画具。我小心地把颜料按顺序摆在桌子上。许多颜料管已经干瘪，像一群五颜六色的鼻涕虫。在词典里，我找到"约贡特"一词，得知这名字来自意大利词，意为"安详"。于是我进一步找，因为我心想这跟鸟会不会有什么关系。我找到：

安详：既纯洁又安宁。指不受干扰的源于某种高贵或道德平和的人的仪态。

这不多不少正是我亲爱的埃及人的定义。于是我满怀怜爱地有条有理地进入《约贡特》的制作。

晚上，爸爸来对我说晚安，我把作品拿给他看。

"你认得吗？"

"当然。"

我笑了，感到真正的满意和放松。肯定的，在博物馆，人家会请求我复制这幅最有名的画；万一情况不妙，我只

① 即《蒙娜丽莎》。

要把这张复制品塞给玛丽·约瑟就行了。

"我当然认得。这是一盘热气腾腾的意大利面条，那儿还有带干酪的小蛋糕。"

9

真的，生活中有些时候是不容易的。我很快领悟到这一点。特别是责任感，它带来沉重，带来忧虑。那些别人的烦恼，最后也成为了我们的。我们的生活也因此彻底改变了，因为有一个人要挽救，必须有能力去挽救。跟动物的关系，就有点像这样。比如我那只病得半死的乌鸫，称起来并不重，其实却沉重得可怕。即使它恢复了一点体力和活力，还是让人充满抢救的担心。那么，对一个人呢，你想想吧！最困难的，是书写。因为我的字写得潦草歪斜，而玛丽·约瑟的字写得平整美观，像她的袜子一样。她给了我一些字样，晚上我就要训练抄写。练得手腕发痛，仿佛打了全场罗兰·加洛斯①。从学校回来，就得拼命做作业。我念题目要求，她做出解答，我再写在她本子上。她是头，我是手。她在思考的时候，我就看她黄白色的房间，亮堂堂的。周围一片寂静，我从窗子往外看，园里的大树轻轻地摇动。过一阵子，玛丽·约瑟低声告诉我答案，似乎担心吵醒我。我马上写下来。另一些时候，我们得读书，那么念的责任无可推脱地落到我头上。以前那些年，念书，我一直没有真正喜欢过。大家都说从文学里能学到好多东

---

① 巴黎布洛涅森林的罗兰·加洛斯网球场，指法国网球公开赛。

西，但说实话，在这些编造的故事里能学到什么？又有什么是完全相像的？我一直感觉，书，好比装上子弹的枪，得特别小心，一不小心就会出事故。现在，跟玛丽·约瑟一起读书，情况当然不同了。我不知道为什么，好像多了点东西。那些词语进入脑子不那么难了，而它们又会随着玛丽·约瑟的心意从脑子里蹦出来。我懂得书里的人物是活着的，是她，是我，是我们。随着对他们生活与感情的理解，我开始理解的是我的生活、我的感情。这样，我品味出《伟大的莫尔内》①是一个有大雾有池塘的有趣故事，一出莫里哀式的喜剧——我在里头扮演着各种角色，戴绿帽子的丈夫、毫无天使气味的女"天使"、绅士和仆人——是一部中世纪的小说，一个骑士跟几个骑士作战，一条蛇和一个妖魔彻底消灭了所有疯子。这样的一本书我总有一天会读完的，我对玛丽·约瑟说。

"说到底，文学，并不坏。我的意思是，作为消遣。但我感到奇怪的是，有人会去研究它。说实话，我一点也看不出里头有什么可研究的。真的不值得研究。"

"可是你知道吗？有些人花多年时间去写关于人们读过的书的大部著作，叫作论文。"

"谁会对它感兴趣呢？"

"没人。大概，几乎没人。但这没关系，那是些很博学

---

① 法国作家阿兰·伏尼埃 1913 年出版的小说。

的人，人们称为博士。"

　　显然，我每天从中学到东西。我想，这种活动，即使没什么好处，也没有什么坏处。每人都有他的小嗜好。爸爸对潘哈德车，就差不多是同一类事。那是一些再没有人买的车。尽管如此，这种车是有成就的，潘哈德先生就是20世纪初法国的第一个制造者。使爸爸感兴趣的，应该就是这一点。我是说，那些正在消失的汽车，为了纪念它们，应该尽可能去挽救它们。而记忆，正是人类的第一个任务。

　　在这件事情中，真正困难的，是碰上笔头问答。三天以前，我碰到这种情况，出了几身冷汗。在这些倒霉的考试日子里，要做得很快，因为我得有时间一丝不苟地模仿玛丽·约瑟的笔迹抄我的答卷。这些责任使我得到很大进步，我甚至能在里头塞进几个错误免得引起注意。我清楚地看出数学老师夹杂着欣赏、怀疑和愉快关注着我的改变。她常对我微笑，我也对她微笑。有一天课后，她以一种古怪的神态对我说：

　　"你变了，维克多，你变了……"

　　我针锋相对地回答：

　　"您也一样，太太，或叫小姐，您变了。我清楚看见，您头发里有个以前没有的东西，眼里有蓝色。"

　　她脸色一下子红起来，以至学校可以节省一年的电了，而我看出，那是一段感情反应器的聚变时期。我没敢对她说，她没那么瘸了。这还不大明显，但观察力方面，我是最敏感的。我很高兴看到她康复。在电视上，我看到一些因为石油而处于危险境地的动物，我曾对爸爸说，数学老师恰好让我想到那些因重油而难以动弹的动物。应该把她放到为鸟去油的机器里，使她有可能也从中跳出来，重新飞翔。他可能以为我心情不太好，因为他对我说：

"我想，你学习太累了，你超负荷了。"

老师还对我说，她很高兴看到我成功。友谊，不但在学校，而且在整个生活中，都是一个巨大的支持。当然，她不知道在什么程度上击中了靶心。

"您说得对，"我对她说，"我有玛丽·约瑟这样一个朋友，真的很幸运。另一方面也感到烦恼，因为潮湿。"

"潮湿？"

"对呀，您知道，当身边有一个人远远超过你使你感到渺小的时候……"

"你的意思是谦卑①？"

谦卑：软弱与不足的情感，使人趋向于抑制自身一切高傲而降低自己。

"对，是这个。因为，您明白，没有什么比音乐……她有空闲的时候，就读哲学。在认识她以前，我甚至不知道存在这东西。您知道什么是哲学吗？意思是'对智

---

① 法语"谦卑"与"潮湿"字形、读音相近，维克多把两个词搞混了。

慧的爱'。"

"不，我不知道。你看，你都能教给我东西了。"

自从玛丽·约瑟失明以来，在完成了作业，将预测到的明天的困难都解决了之后，她就叫我到她书架上取下一本哲学书，书名一般都是难读难记的。她对我解释说，以后她可能需要学点哲学，如果她没有选择学音乐，她肯定会选这门专业，可是现在没有选择的余地了。有一天，我竟然想惊她一把，查找了好多关于大哲学家的资料，摘录了关于柏拉图、亚里士多德、洞穴故事、幻影故事等一大堆神奇的东西。第二天，我把话题引到这个问题上，我想发表一通演说，向她表明我不是乡下佬，反正不仅仅是一个乡下佬。可是我开始就说，按我的意见，两个最伟大的哲学家应该是布拉多特和阿里斯通①……然后我就泄气了。玛丽·约瑟大笑起来，说我是个天才，一个真正的天才。我不知道应该高兴还是应该生气。

玛丽·约瑟还有许多别的东西让我吃惊，让我对她愈加佩服。我们两个都担心，某个老师会叫她在课堂上念课文。为避免这事，我总是举手要求回答。别人怎么想我随他的便，想我爱闹笑话都可以！于是我连连举手，似乎事关我的生命，其实也有点对。但有一天，法语老师要我们念一位年轻诗人的一首很难的诗，他经常离家出走，突然

---

① 维克多把柏拉图和亚里士多德的名字记错了。

间他停止写作，跑到非洲某地做武器买卖。结果，有人在马赛发现了他，人家要砍掉他一条腿。照我说，这个人，他根本没有要做诗人的意愿。不巧，老师偏偏叫玛丽·约瑟来念这首诗，这下我想，灾难来了，一切全完了；我觉得自己变得跟纸一样白，有格子，有边空，还有夹子打的孔。我就这么难受。我考虑该怎么办，我准备摔到地上，在地上打滚，以转移注意力，什么尊严都顾不了了。可是，这根本没必要，因为玛丽·约瑟坦然接受，一点没卡壳，把诗全部念出来了。我再次暗暗猜想，她是不是从一开始就在彻底嘲弄我。要不，她怎么可能分毫不差地背出整个这首醉舟和印第安人的故事，仿佛一个音乐盒？任何人，包括玛丽·约瑟，尽管她有对大提琴和对智慧的热爱，都会有局限性的啊。

在院子里，我们等待食堂供餐时，我问她的眼睛是不是好些了。

"你说这个是因为那首诗吗？这跟眼睛没关系。首先，阿尔蒂尔·兰波是我最喜欢的诗人；其次，我熟悉几百首诗……这只是碰对了而已。"

"可是，玛丽，你脑子里怎么能塞进那么多东西？说到底，这不可能啊！"

她温柔地笑了笑。肯定是因为我仅仅叫她"玛丽"。这词儿自个儿冒出来。玛丽，多简单。似乎这是第一次跟她以你我相称。她耸耸肩。玛丽，玛丽，玛丽，我觉得听起来就好像向她求婚。①

"几年前，我病了几个月，那时眼睛开始出问题。我上不了学，有机会学很多东西。为了消磨时间，我学了钢琴。"

"完全自学?"

她耸耸肩。

"这不难。人家叫你强调的音你就强调，如此而已。反正钢琴是为了消遣，不必认真的。"

"如果你想知道，我开始明白你为什么会失明了……这就好比是一级方程式汽车赛，如果一个冠军实在太厉害，让人没有了神秘感，那么，老天爷就叫他残障；你呢，也是老天爷叫你残障，要不，对其他人就实在太不公平。"

"现在你相信老天爷了吗?"

"只是一种说法而已。说运气也行，如果你更喜欢……你记得老师说过，那位患坏疽被砍断腿的诗人太有才吗? ……那么我要说，现在又有一个残障故事了。你越有才，越会受残害。我不会有什么危险，可是我很为你和哈依沙姆担心。"

她以一种古怪的神色看着我。我看得出，我说的话里头有点儿引起她深入思考的东西，这使我很得意。自尊，

---

① 法语中"玛丽"和"结婚"同音。

在生活中很重要，而且，自我的进步，也是。

第一次就餐的铃声响了，我们向食堂走去。这一直是个棘手的时刻。首先是因为楼道拥挤，对玛丽有危险；我叫喊着，挥着拳头，扭着身子，在她身边制造一个保护区，类似于珍稀动物保护区。由于大家都还记得凡·高事件，人们还不大敢侵入我们的领土范围。到了自助餐台，必须选择食品。说实话，在这儿，就有笑话可看了，只有运气能帮上忙了。玛丽走在我前面。我看见她把食品堆上她的盘子，熟肉酱、蛋黄酱、什锦砂锅、腌咸菜。要么相反，挑一些宗教人士的斋戒食品，让身体受罪了。

有时，她摸索着，犹豫着，最后把手指探进一个装果酱，或菜泥，或奶酪的小碟子里，把手指弄得五颜六色。

"小姐是在节食吧？"厨师迪基埃带着讽刺的微笑说，他像控制塔一样监视着用餐。

"学习累得没胃口了。"她只好这么说。

得由我来补充与恢复饮食平衡了。结果我还真适应了这种情况。我在我的钢筋水泥似的盘子上堆上几座山，在菜泥、素食上插上香肠、粉条，应有尽有。大个子迪基埃以他温和的方式嘲笑我：

"你变成吃素的了？"他把手叉在腰上问我，"你只吃果、豆和叶子菜？"

"绿色食品吗？是为了解放我的脑子，不是为了冒犯您。"

大个子迪基埃并不追根究底，他只希望大家吃，哪怕
乱吃一气，因为他负有的根本责任是保护青少年。他在营
养上是严格按规则办事的，而且监督大家要把盘子里的东
西吃干净。没有吃完的都得留校，课后把饭吃完。

在餐桌上颇有物物交换的气氛。

"我用胡萝卜丝换你的腌咸菜，但白切牛肉你留着。"

"按我爸爸说的，成交。可盘子中间的，那是什么？"

"红酒洋葱烧牛肉。加紧吃吧。"

我觉得我们是在彼此喂食，我想起我们在节日集会上
共吃爱情苹果的情景；我觉得一起分享食物，是亲密的顶
峰。其他人看着我们盘子上头的这场华尔兹舞大感惊奇，
但一见我硫黄色的微笑，他们评论的兴头马上就烟消云
散了。

尽管如此，那些超市似的菜盘还是难以把握。于是我
采取战略主动，在取菜队里高声发表意见：

"哦，好漂亮的甜菜！就在我前面，真棒！"

我周围的人都笑起来，我更来劲了。为了让人懂我，
我转向别人，玩狡黠：

"我不知道现在是胡萝卜季节！您知道吗？我右边那
块，我把它看成了一块船形蛋糕！"

我觉得自己在远远牵着玛丽的手，一股使我安慰的激

动贯穿我全身，向学生们显示自己能在大口瓶里起波涛。有时我真欣赏自己的机智和分寸感，直接问服务员大妈：

"那么，太太，"我叫道，"您建议我吃右边的青豆炒鱼，还是左边的炸鸡？嗯？右边鱼……左边鸡……"

她们半张着嘴，眼睛睁得像弹子球。

"说实话，右边鱼……左边鸡……我不知道选哪个……"

有一天，我看见其中一个服务员大妈一边离开，一边用手指敲得太阳穴笃笃响，咚—咚，于是我觉得自己的计策造成了问题。

可是还有，食堂的计策在对付体育的冷汗上却无能为力。我们只需再坚持几星期，将近两个月就行了。幸而就像往年春天一样，这是男生女生集结时期。平心而论，我对体育一点也不反对，但也一点不赞成。当我们绕着田径场跑步热身的时候，玛丽总趋向于往左跑，脱离跑道，有一次我竟在足球场中心碰到她在草地上闲遛。我紧紧陪着她也没用，她最终总落在后头。打羽毛球就更糟：她煞有介事地高举着双臂，可一旦球飞到头顶上，她却让球打在头上，而当她要击球的时候，球已经落到了地上，显然动作与飞来的球不合拍。每次看见她挥拍击空，我的心就抽紧了。我觉得她是在与并不在场的命运搏斗。有一次，我坚持让她站在手球守门员的位置上，我心想，当守门员总要好一点，大多数时间可以放心。我站在球场中间，一只眼睛看着玛丽，另一只眼睛看着对方球队的攻球员。我发现她往一边转身，似乎要跟球门柱对话，接着她来了个反向转身，最后弯下膝盖仿佛守门员接球的姿势，面朝球网和体操馆墙壁，背向球场，屁股向着观众。我心想，这下好了，我索性孤注一掷。我倒在地上，捧着脚踝，像小猪似的号叫起来，造成的混乱正好转移了注意力。不远处，发疯似的凡·高气得把球乱踢。而我想，我们果真是在严密监视之下呀。

＊ ＊ ＊

摆脱卢浮宫博物馆的困境算是有门路了。玛丽和我，我们整个上星期都在训练，但还没把握。玛丽给我指出了人家可能要我们复制的最有名的画作，还给了我一本绘画百科全书。

"简直是把一支画笔吊在驴子尾巴上！"我绝望地叹气说。

"别以为你说得多妙，"她对我说，"听听我的……"

于是她给我讲了从她爸爸那儿听到的一个有趣故事。19世纪末，在巴黎，几个常去蒙马特咖啡馆的艺术家把一支画笔拴在一头驴子的尾巴上，然后在驴子后面张起一块画布，让驴子狂画一气。他们把这张画送到一家沙龙，几个很博学的评论家大叫天才之作。他们惊叹笔力劲健，用色新颖，手法熟练。仿佛在画布上看到一座雾海中的森林，或暴风雨下的海洋。

"你看，你总是有好运气！"

在博物馆里，看着她站在大家都不认识的画作前，听我向她嘀咕完画作的名字以后，她仿佛看得非常真切似的做着评论，这感觉有趣极了。我不得不像看不见的阿里阿德涅线一样站在她前面，因为卢浮宫就像一座巨大的迷宫。自从玛丽给我讲了有关这个阿里阿德涅的故事以来，我常常做这种神秘的思考。起初，我觉得那是指火箭①，那我就理解不了其中的关系。但其实不是那么回事，而是阿里阿德涅出于爱情，用一个线团帮助忒修斯得救，使他免于在迷宫中面对可怕的牛首人身怪物。古代神话故事，我始终觉得很能启发当代人。就像一部大词典，使人觉得一切都仿佛预演过一遍，给我们以警示。

过了一会儿，老师要我们面对一幅画坐成半圆形，我们就在纸上画起来。

"画名，维克多，画名是什么？没名字叫我怎么画？"

"太小了，看不清。"

"好吧，即兴发挥。你给我描述一下。"

---

① 法国的火箭命名为"阿里阿德涅"。

老师捻着山羊胡子在我们中间走过。我从眼角看到玛丽伸着舌头专心作画。一有机会不被发现的时候，我就给她描述：

"右边，有一些树和穿着古怪的人，在一块岩石上走动。"

"背景呢？"

"背景……好像一条河，岸边是绿的。"

"左边呢？"

"另外一群人，妇女都戴着大帽子。空中好像还飘着一只风筝。"

"颜色呢？"

"远处的天空几乎是白的，还有点灰色和栗色。还有点绿色。我看像一些童子军，好像在上船……"

"这肯定是《坐船去西岱》，一幅 18 世纪的画。"

"那时有童子军吗？"

"别说童子军了！"

"水池①我也没看见呀，不过……"

"西岱，不是水池。这不是消防队艺术。"

我觉得有一些需要理解的东西，但抓不住。

我往她画纸上瞟了一眼，那简直一塌糊涂，水彩乱淌，触目惊心。说它是广岛轰炸一点也不夸张。她还不时抬头

---

① 维克多把地名西岱 Cythere 听成水池 citerne 了。

看一眼原作，做出认真的样子。有一阵子，老师站在她旁边，看她作画。她大概从他的脚步声，或鞋底的嘎吱声，或单凭她盲人的直觉认出了他。她说：

"这是原作的立体派表达，您看出来了吗？您可以看成一个阿维农少妇在上船……"

那位老师，挠着他的胡子，头朝前倾。

"对，我在你的画作里看到了这种味道……"

玛丽和我，我们互相看看，这是我们的交谈。我佩服玛丽的胆量。我想，在生活中，我们常常因对自己的自信而受益。镇定，是让人给你安宁的最好办法。相反，你只要有一丝缝隙，所有恶意和危险就都涌来把你吞没了。在我们回程的路上，玛丽曾给我解释，在现代艺术上，回避缺陷并不难：自从在博物馆展出屎盆子以来，咳，还有什么可担心的。我缺乏资料来评价这一切。

从博物馆回来下车的时候，我们分开了。玛丽的父亲来找她。他坐在一辆大 BM 的驾驶室里，跟我爸爸的潘哈德车一比，我觉得他的车很一般。

这个春天夜晚的温煦使我飘飘然。朵朵云彩像丝带在空中飘浮。那天夜里，我感觉，我们的生活不可撕裂，就像天气那么透明。

在路上，我听到后面有人追我。是夏洛特，一个经常跟凡·高走在一起的四年级女生。她这么想要追上我，使我很吃惊。她给我递来她的生日请帖。我问她，凡·高会不会参加，我该不该准备咬掉他另一只耳朵。

"不，我没邀请他。而且，耳朵问题已经使他不敢多嘴了。所以，我要依靠你，行吗？"

"行。"

然后，她转身继续走她的路。我不大知道对这请帖应该怎么办；我觉得有点可疑，因为直到那时，我们从来没有过什么接触。同时，应该说，几个月以来，我似乎已经变成学校的明星，某种学习的奇迹，似乎学生的保护天使在关照着我。其实，我有参加这个晚会的愿望。我需要见见世面，需要娱乐，需要改变观念，因为显然，陪伴玛丽以及随之而来的责任，是沉重的，令人不安的，而且，说到底，我正处在只管娱乐不管其他的年龄。尽管如此，我还是有点犯罪感，我白白像善良魔鬼一样自我辩解，还是把自己看成我们事业的叛徒。应该说，这个女孩，绝不是喜欢约翰·塞巴斯蒂安、热爱智慧的那一类，也不是像玛丽一样能让我习惯于任何高雅情趣的那一类。但我内心却有某种东西，某个魔鬼对我说，到那种肮脏的泥沟里滚一滚也未尝不好，因为在我那不可替代的朋友把我举上去的高峰上，我有时觉得有点缺氧。

我回到家，爸爸正在看电视。那是一部关于 1917 年俄国革命的历史片。

"你看到了《约贡特》吗?"爸爸眼睛不离电视地问我。

"看到了,爸爸。"

"她眼睛看着你吗?"

"是的,她看着我,她忠实于她的传说。"

"好吧。冰箱里有吃的。我眼睛也盯着你呢。"

我在餐桌边啃了块面包,当俄国人清算了沙皇的时候,我回到我的房间。我躺在床上,想象着玛丽在干什么。她肯定从音乐学校回来,马上要吃饭了,我寻思她是不是永远不想向父母露底。然后,我的念头转向了明天的晚会。哪些女孩会来呢?爸爸曾给我解释,少年人,主要就是个荷尔蒙问题。于是,我在词典里寻找。

荷尔蒙:由一组细胞或一个器官生成的一种特有化学物质,对一个组织或另一个器官起特殊作用。

好吧,我这种情况,确实是有一个专门器官被瞄准了。

＊＊＊

那个晚会在一个车库里举行,营造了一种有点特别的气氛,油污和排气罐的风格,另有魅力。起初,我有点束手束脚,因为我不认识几个人。但人家问了我好多关于我在学校的转变的问题,我就放松了,我开始让自己滔滔不绝，言无不尽，说自己成了哲学的信徒，也就是说"爱智慧"。我对自己的风度感到自豪，因为我从头到脚穿着天鹅绒套装，那是爸爸从旧箱子底下翻出来的，他主张我晚会穿这套。他还对我说：

"你最好去刮刮胡子。"

这是六个月来的第四次了。我觉得有点儿夸张，但这使他那么高兴，我也就无所谓了。

在我周围围了一小群奉承者，我甚至说出柏拉图和亚里士多德的名字。其中一个女孩说她知道这名字，我心想这下她可能要让我出洋相了。可是一听她说她是从一部电影里知道这名字的，那是一部有趣的战争片，我就松了一口气。

"不对，你把他跟普拉通搞混了。我说的柏拉图，生活在古代的希腊。"

她们问我具体情况，我就说：

"他跟苏格拉底在市场讨论问题，最后他们吵了起来，结果苏格拉底在岩洞里结束了自己的生命。柏拉图千方百计要把自己从岩洞里救出来，包括使用了蜡烛和中国的皮影戏。"

后来，我喝了一大杯啤酒，因为这没有哲学复杂，她们放了音乐。几个姑娘来了，哎哟，她们穿的可是晚会礼服。我甚至可以说那不过是些影子和影像。

更糟的是跳舞的问题。我又喝了一大杯啤酒。恰在这时，那个邀请我的姑娘对我说，她的一个女伴特别喜欢我这种穿天鹅绒的哲学家。在我的化学物质和因想到玛丽、再想到柏拉图和他的伙伴苏格拉底而收紧的心之间，我不大知道该怎么办了。我本来想按一个真正的哲学家的尊严和权威感来行动，说，"别再拉我跟你们玩乐了，我得思考存在"，然后回到家里去，跟爸爸待在一起。可是我却没勇气说出来。以前，我跟爸爸在一起看到过一个电视节目，阐述过这个问题。他们说，我们处在一个很难把心灵的东西和"鸡鸡"的东西分开的时代。以前要简单得多。甚至正是因为这个，现在的夫妻不能互相爱慕，几年以后就满口大骂地分手了。当时我不大明白这意味着什么，但那天晚上就全明白了。于是，当我开始在他们有意挑选的一首奶油般腻腻歪歪的乐曲中与那个姑娘跳舞的时候，就感受到了这个问题。因为，如果说在理论上，我们高居于心灵与精神之上，但在实际上，你还是被钉在地上，完全不是爸爸所说的流放的结束，而是焦虑的开始：所有的一切都在转向。这变成了一场真正的物质与某些器官的法兰多拉舞①。事件以舌头的汤宴结束，接着发出一道闪光。我突然被甩开，猛然间意识到自己掉进了一个陷阱。我马上感到我的舞伴对我不那么热情了，随后我试图弄清是谁拍了这张照片。我几乎问遍了所有的人，但他们都以古怪的表情

_____

① 法国南部普罗旺斯地区的一种民间舞蹈。

看着我，似乎我变疯了。她们不大敢当面对我说什么，因为自从我咬了凡·高的耳朵以来，人们都在提防我了。但我还是听到有人嘀咕：

"如果哲学导致这个，那我不要！我看没什么意思！"

我对这种哲学很担心。我宁愿立即消失。要么我会成为讹诈的对象，要么会因为过度劳累和伦理道德而真正变疯。过于强烈的感情，有时会使人失常。当我回到家时，潘哈德车像一头安宁的野兽闭着一只眼睛在睡觉，而爸爸已经在打鼾了。我想打开电视，悄悄换换脑子，但我还是碰上一个历史悲剧的节目。当我处在正常状态的时候，是很喜欢看这类历史资料片的，我从中学到许多我们所能懂的东西，我觉得这很有教益。我想，认识生活的最坏方面是必要的，这样，在成长过程中就会有更多惊喜的机会。可是那个晚上，我太忧虑了，根本无法集中精力在这类片子上。我难以入睡，因为我实在觉得对玛丽有负罪感，而且特别担心我的舌头接吻会成为电视新闻的头条。

我觉得，即使没有那条舌头，这事也叫人烦恼，但总要少点。我怎么才能自我辩解呢？在电影里，这样的场面我看过上十次，简直成了经典：一个绅士因为不忠，撒谎，让女性蒙羞，而自打嘴巴。我寻思该不该去跟哈依沙姆说，他作为战略科学家，对事情会看得清楚客观。他肯定能给我提出建议。

＊ ＊ ＊

　　随着时间的推移，星期一到了。可是这一天，可以算是我生活中最倒霉的一天。比我崭新的红色自行车被盗的那天还倒霉，那是爸爸放在潘哈德车顶上带回来的。比在小学时当笋瓜的日子还倒霉，比我看见一棵植物彻底枯萎，爸爸给我作解释说对于走投无路的人也是一样的那天还要倒霉。还倒霉，比爸爸给我作解释的那天还倒霉——他说男人都这样，过段时间就无可挽回了。

　　我早早离开家，在小屋里等着哈依沙姆。有一天，他父亲向我吐露真情，说他没法知道他儿子什么时候睡觉；他做过几次试验，把一些板栗壳放在他床上，有时一连几天早上他都发现板栗壳还在原位没有动过。他想，失眠可能是一个好运气，他儿子可能靠这个成为一个大人物。他用"崇高的"这个词来形容他儿子的品质，谈起哈依沙姆在地区比赛中赢得决赛局时，他说"这是一场崇高的胜利"。这天早上，他正在擦拭统治土耳其宫廷至 18 世纪的 18 位苏丹的肖像。随后，他一点一点地给我解释，欧洲把帝国瓜分了，就像猎人瓜分苟延残喘的猎物一样，而现在只剩下最差的几块。哈依沙姆来了，我心想他又变胖了，这大概就是他的残障。他把他父亲给他的那部关于国际象棋超现代革命的大书放在桌子上。我心想，这部大书就像爸爸给我的那部词典一样。他递给我一个装满香糕的盘子。我久久地看着他慢慢嚼香糕，沉醉在他尼姆佐-印度防御或钳制进攻的某盘棋局里……我思忖怎么能让他领悟情况。这有点儿复杂。他父亲用顶针大小的杯子给我们冲好几杯很浓的咖啡，我第一次用嘴唇沾沾这种咖啡，好像在吞融化了的橡胶一样。但我感到特别荣幸。哈依沙姆小口呷着这种奇怪的饮料，眼睛不离小屋中央的棋盘，仿佛它是个重力中心。

"你的脑子真怪。"他没头没脑地对我说。

我当时觉得他什么都猜到了，绝对没什么可隐瞒的，这完全是他下棋培养起来的直觉。这时，他父亲把装着他午餐的袋子递给他。

"哎，"我说，"你中午不在食堂吃饭？"

"不，因为有猪排。"我尊敬的埃及人回答。

"可你上星期吃了香肠。"

"我就是这样，我吃肉，但不是肉食者。"

"因为你是犹太人，但又不是犹太人，对吗？"我问。

"正是。你都明白。你只欠学会下棋，你会成为常客的。"

我笑了笑，心想，能感觉到比一个人们很喜欢、很尊重的人更低也是一种乐趣。就在这时，院子里有一阵骚动，听到一阵很大的议论声。我离开了哈依沙姆，因为我有一种不好的预感。我向学生们可以贴广告的板壁走去，那里已经站了一大群学生。一到那里，我就觉得大地要把我一口吞了，而且我宁愿就这么一下子消失。再见，我的伙伴，你自己去摆脱困境吧！我看见那天晚上的舌头接吻的照片被放大了贴在那里，大得仿佛无边无际，遮天盖地。这是凡·高在煽动人心。幸而，我还躲藏在人群里，还没被注意。我把自己藏在外衣领子里，等着看事态会怎么发展。我用目光寻找着玛丽。我得在某个不怀好意的人告诉她以前找到她。我感到身后冲来一股波浪，是哈依沙姆，于是我觉得事情还没有全输。

"事情要闹大了！"我在拉到耳朵的领子里对他说。

他习惯地把大手放在我肩上。

"不时有点羞辱是有好处的。"

不久以后，这词儿给出的解释是：

羞辱：令人害臊地破坏名誉。见卑鄙、下流、可耻、耻辱。在一大群同义词中，我想这指的是一种经常感受到的感情。

"也许有一天这会对我有好处，可眼下我是彻底被抹黑了。"

他笑了笑，我觉得他嘴里还含着一块香糕。

"还没有。尼姆佐－印度防御是一种特别丰富的防御。

我们在对手企图把他的计谋加在我们的头上时使用它。这种防守在于用绝对的严谨把对手揭穿。我们对复杂处境的理解必须比对手张开的网更高明。"

我外衣的深度犹如柏拉图洞穴的深度,我寻思,他对隐晦语言的爱好是不是在把他变成疯子。很久以后,确实是很久以后,当他成为国际象棋的伟大冠军的时候,我常常发现,当看着他在电视上下棋,提前一千步战胜所有对手的时候,他的神态跟疯癫完全一样。我问他:

"你这话什么意思?"

"我明白,你也明白。区别在于你还不知道。"

他虚胖的大脑袋好像一粒爆玉米花,咧开一个宽大的微笑,使人感到信任。

我来不及细想这一切,因为我突然看见玛丽浓厚的鬈发飘过。幸而她什么也没有看见!我想。她空虚的目光注视着贴满东西的板壁。人们在周围笑着评论着。老天帮忙,铃声响了,大家纷纷走向教室。我尽可能谨慎小心地淹没在人群里。我目光跟随着玛丽,她数着步子走到楼梯,非常专心。我这方面,也在用手指数着。只要再坚持五个星期。我发现她被拥挤的人群推得晕头转向,仿佛一个陀螺。我马上赶到她旁边去,心想,我能成为公众的口头禅也许是好的。

"当心!"我低声说,"楼梯在那边!"

"你的声音很古怪，发生什么事了？"

"没事。我喉咙痛，可是我穿着柔软暖和的外衣，好像一个木乃伊。"

"你做了几何题吗？"

"做了。我把图画了两份，我留着有错的一份，给。"

在楼梯上，她问我：

"贴在板壁上的照片是怎么回事？我不大明白。我周围的人都在笑。我也想乐一乐！"

这时，我只好胡说一气：

"哦，傻事儿……是凡·高拍的生命科学老师在实验室里拥抱音乐老师……"

"哦，奇怪，我没想到他们在一起。"

这时，人们在楼道里认出了我，但因为爱惜耳朵，我的敌人只限于低声议论，其他人由于我抢得飞快的拳头，都用尊重的神态斜视着我。目前羞辱还没有给我带来什么好处。数学老师给我们打开门，以一种嘲弄的神态看着我。她头发里又有点新名堂，面貌全变了，比面部去皱纹手术更好。我含糊地对她笑笑。

下课时，我拖延了一会，因为这儿还是我最安全的地方。老师整理好她的东西，由于我还没整理完，她就擦起黑板来。

"你有什么不舒服吗，维克多？"

"没有，没有，我很好。有人拍了我的照片，想当着几百人的面把我拖进泥潭里，除此以外，一切都好。反正，看来不时受点羞辱会有好处……"

"我看了照片，那是个很漂亮的女孩。这其实反倒是赞美。"

我耸了耸肩，显然，这关系到玛丽，我不会进一步抖细节了。

"她可能是一个漂亮女孩，但总归不跟我同类。这只是荷尔蒙的一次肮脏发作而已。"

她笑了笑。

"真的，既然我们可以讲知心话了……我发现您已经很少把您的孩子带在右腿上了……"

"是的，维克多，因为他已经回到了我心里。"

"这是一个好消息。"

然后我们不敢再交谈太多了，怕过于扰乱内心的羞涩。白天在慢慢溜走，仿佛一条很有弹性的老蛇。我回避着玛丽，因为我怕她还要问我关于照片的事情。下午课间休息时，我发现艾蒂安在吕基·吕克的办公室前等着，我心想这是个坏兆头。我问他怎么回事，他说他有几个大问题：他走进教室，学生们都已经入座。由于老师还没来，他就大声嚷起来："那么，里头有性器官？"倒霉，女老师正好在教室隔壁的小间里，更倒霉：她跟校长在一起。总结：

挨了狠狠一顿剋。

"然后校长问我以后到底想干什么职业，"艾蒂安说，"那我就说当然是肛门直肠科医生。她问我那职业是干什么的，我说就是治疗屁股眼。结果，被带到了吕基·吕克办公室。"

"你的志愿给你带来了烦恼。"

"我真的没看出来他们都反对这个专业，可是它真的没有牙医更让人恶心，或者说差不多恶心。它只是在另一头，如此而已。"

白天快结束了。由于总回避着玛丽，我竟至怀疑是不是她在回避我。我看见哈依沙姆在他们的小屋里开始跟他父亲下棋了。我向他招招手，他很有力地点了一下头作答，仿佛一个鼓励。我心想，他有一天可能会彻底沉默，但问题不大，因为有些人不需要语言沟通，就跟有些人不需要眼睛看一样。

我放心地走上回家的路。很奇怪，我一点也感觉不到对凡·高的恨了。我又想起哈依沙姆对我说的："尼姆佐-印度防御在于对自身处境的理解比对方的进攻更有力。"这事儿也差不多。我还得努力思考以抓住这一切的意义，可是我的脑子转得太慢。有一天，我可敬的埃及人对我说：

"我并不比你更聪明，唯一的区别是，我的脑子转得快得多。"

我觉得这毕竟是一个很大的区别。正如贝尔纳·雷诺尔在第五次赢得环法自行车赛后对他的对手说的："我并不是比你们更优秀的自行车手，只是我蹬踏板比你们更快。"我正在做这些思考的时候就坏事了，正好在教堂前面，在滚球场和节日集市广场上。因为她就在那里，一副古怪的神色。她让我想起宙斯，要是宙斯对同事大发雷霆，就是这个样子。只是少了雷声和闪电而已。要不是还剩有一点儿尊严的话，我就会像鱼雷一样，钻进教堂里，尽我所能地作祷告，跪在地上，趴在地上，头朝下倒立在地上；我会向所有人，甚至向宙斯，请求原谅，因为我不知所措。我心想，她是不是从我的脚步声认出了我。她以一种很温柔的，比平常更温柔的声音说话；这更糟，我宁愿她吼叫起来。

　　"我已经知道了，照片的事儿。"

　　我试图说话，但出不了声音，我大概像一条被拔掉了鳍的鱼。

　　"你本来可以告诉我，因为你知道，我根本一点儿也看不见。"

　　我还是说不出话来。我想起跟爸爸一起在电视上看到的一些老电影，被揭穿面具的家伙总用一些老生常谈来搪塞。

　　"人家告诉我照片上你跟谁在一起的时候，我觉得有点可笑。对别人不该这样的，我有点自我解嘲。不过，这毕竟对感情不好。"

"感情?"我迟疑一阵才发问，仿佛我们之间有时间差。

"是呀，对感情……你很清楚……"

"是的，我知道。感情：感觉、评估的能力。跟多种表现有关的相当稳定而持久的复杂的情感状态。见感动、激情。昨天我在词典上碰到这个。"

什么想法，把这一切跟词典扯在一起！有时行得通，转移话题……我很想把我的理论告诉她，根据我的理论，定义可以使事情变得不那么可怕……她还在那儿，两手低垂着，树桩似的立在我面前……比如，你看"癌症"一词，在词典里，你就会知道那是一个拉丁词，意为"螃蟹"，你就不会把事情看得那么严重……她现在皱起了眉头，我呢，我说的是，词典是为了使生活变得不那么可悲而发明的，当我得知编词典的人被称为"不朽者"的时候，我是不怎么奇怪的……突然，她好像僵住了，我想这下恐怕要发生手脚抽缩症了，但不是，而是从她眼里流出了眼泪；很奇怪，因为看着流出的泪水，我不知道是使她的眼睛更活还是更死了。我从口袋里掏出一块基本干净的手绢，她拿手绢擦了，把她的鼻子弄得通红。我呢，我的心也通红了，跟一把旧拖把一样皱缩了。我一动也不敢动了。

"你想坐坐吗?"我嗫嚅着问。

"你叫我坐？"

"对，坐在我们的板凳上。"

一下子，她又僵住了。我看见巴掌打来了。可是这太容易了，我向旁边跨了一步，她打空了。她像陀螺一样转了起来，失去了平衡，跌倒在地。膝盖碰破了皮出了血。毫无疑问，这一下我被认定了：我是个懦夫。千真万确。连站定让她打一下都不敢，这是多小的事。可是她悬空一转，在看着她的玩滚球的人面前跌倒在地上。她艰难地站起来，仿佛一匹刚出生的小马驹，很难立住脚。尽管我向她伸出一只手，但我想起她看不见。她轻轻地说：

"滚，请你滚。我不想再见到你。"

我一连几天为这一记打空的耳光后悔不已。回家时，我打破了百米赛跑的纪录。我因为犯罪感而心乱如麻。回到家，爸爸正在回答那些要在《中介》上登广告的顾客。一只苍蝇立在他脑门顶上。

"你的脸色这么难看，发生地震了吗？海啸？鼠疫？德军兵临巴黎城下？"

我耸耸肩。要只是这个就好了，我想。说来话长。可是玛丽要我许诺不告诉任何人，包括可敬的埃及人，包括爸爸。我心想现在不能再一次背叛她。夜里，我的脑子里主战坦克在行军，伴随着核潜艇和驱逐舰。第二天起床时，我看看院子，潘哈德车已经开走了，留下一片空虚、湿漉滗的地板上一个干巴巴的正方形，我心想，要是爸爸不在了，同样会留下一片大大的空虚，一个笔直方整的洞。我一边喝巧克力，一边想玛丽，她一定在记恨我，一定不像以前那样想我了。总之，我失去了一个骄傲的理由，这在生活中是不多的。跟玛丽在一起，我所喜欢的，是自己不可缺少的感觉。现在，我感觉自己像一根被风吹走的稻草。

上学出发前，我突然转向援助有困难的鸟类的"自然保护区"，这总算一种安慰，因为我看见我的乌鸦翅膀油亮了，仿佛上了漆；我把它捧在手心上，它的小脚儿就像小小的护身符，我心想它有一天也会飞走的，生活中难免会有一些断断续续的分离。

新的两周就这样拖着脚步忧心忡忡地过去了。春天好像一朵花，壮丽地开放着，而我心的花苞却像被晚霜打了一样，垂头丧气。我陡然放弃了学习的努力，因为我没有了为之努力的对象，那当然兴趣就差多了。用功当然得有一个动力，可是我的动力却千方百计回避着我。我目光跟随着她，她在学校里数着步子，我是唯一一个知道的，我寻思万一被别人发现怎么办呢。有两三次我试图接近她，可是她用一种反向电波测量着我。最叫我吃惊的是，她以一种轻松自然的办法坐到了另一张桌子上。确实，玛丽是黑暗世界里的超级天才。电视上，我看到过一些盲人歌手做尽鬼脸，仿佛他们完全是在用眼睛歌唱。他们眼睛那么瞎，使人们完全忘记了他们是在歌唱。在我的观念里，就因为这，这些受残疾打击的特殊艺术家，在电视里远比在收音机里差得多。玛丽却完全相反。有时，她带着大提琴来上课，因为课后她要直接去音乐学院。我听她讲过为了准备比赛，她曾要求老师给她的课程内容加倍。这些她带着大提琴来上课的日子，可以说，我对她是佩服极了。

在这流放的两星期中，我经常想起那些她演奏大提琴的时刻，和那种觉得自己既无用又全能的奇怪情感。与自己佩服的人秘密独处，想说什么就说什么，没有比这个更美的了。爸爸发现我情绪不高，我相信他肯定猜到了我遭遇流放，但出于父子之间的羞涩感，他不敢问我。某些夜晚，我坐上潘哈德车出门去……科拜依、日索让基、阿提斯—蒙斯、梯艾斯……我们一起漂浮着直到城市把我们吞没。我每次都担心最终能不能从里头出来。我想起只有我们行走的宽阔的大马路……似乎城市已经荒凉了……在一次轰炸以后……小环城线……杨树林的暗门……而我在挡风玻璃上看到贴在爸爸办公室的城市地图的影子。我寻思爸爸怎么认识那么多怪人，都想留住我们，听他们讲述他们生活中的一段遥远故事……我最终在潘哈德车里睡着了，而在我们整个歪斜着的家门前醒来时，我觉得简直是个奇迹。我又见到了我的小乌鸫，它长胖了，越来越占满它的盒子，在院子里碎步跑着，小眼珠子投向四面八方。我想它是不是已经没事了。在学校里，我远比别人后出门。我还是试图让玛丽发笑，把过去为我创造传奇的精神重新连接起来……比如有一天，有人问超短裙一词是连着写还是断开写，我就回答：

"连着的，用一个扣子！"

可是心不在里头，就失去了习惯：这话逗不笑任何人，特别是玛丽。

有一天，我在走廊里帮数学老师找她的登记本，这时碰到吕基·吕克。他手里抱着一本厚书，向我走来。

"别告诉任何人，我要躲到体操房去看看书……人家找我，你就说没看见，我会报答你的……"

"那是本什么书？"

"《堂吉诃德》……你懂吗，我读完了《三个火枪手》……这大概有点相像，《堂吉诃德》，你知道吗？"

"我知道里头有风车，别的不知道。"

"风车？你肯定？我以为是有关战斗和马的故事……还有些骑士。"

他样子有点失望。

"无论如何，这是本很有名的书，因为连我都知道……自行车，你一直在骑吗？"

"上星期天我得了第三名，因为头天夜里我读书太晚了。读完书，我浑身湿透得像块旧抹布。读一本厚书好累人，简直发疯了！仿佛爬旺都山……文学，是个累活儿。"

"下星期天我可能去看您赛车……现在我很烦恼。我得找点事干。我可能去给观众卖小香肠。"

"你发生什么事啦？"

"我不想骂您，可是您不会明白……"

"你这样认为？"

"肯定，您不了解情况。"

"是因为那天的照片吗？"

"照片倒没那么伤脑筋，主要是它的后果。应该说是凡·高这下把我抹黑了。得了，我要看看用尼姆佐-印度防御能干些什么。"

我等着我的宣言产生的效果。吕基·吕克似乎在思考。

"什么防御？是武打吗？"

"不是，这是一个国际象棋术语。用尼姆佐-印度防御自卫，就意味着向对方显示，我们对他给我们造成的处境的理解要比这个处境代表的危险更高明。"

我希望他不再提问题，因为我会被难住。关于这个话题，我所知道的都说了，可是我并没完全看出它可能包含的意义；不过，偶尔雾气消散，我开始对自己说，总有一天，我可能懂的，应该相信我可敬的埃及人。

"总而言之，我让你去玩你的中国防守。"吕基·吕克说。

"印度的，先生，印度的……"

"照你说的。"

这天结束时，我去小屋里看哈依沙姆。他缺了下午的所有课程，因为他要跟他父亲下完 1963 年莫斯科的一盘棋。谁都对他没意见，因为反正他全都懂了。我到的时候他们走到第三局中间。

"你来得正好，"可敬的埃及人头也不抬地对我说，"你看看，博文尼克建议第 13 步交换王后。这不是一件艺术作品吗？"

"妙极了。"我避免跟他顶撞。

我就这样看他们下棋，哈依沙姆不时把香糕碗递给我。然后我离开，回家去见爸爸，心像香糕一样柔软而将要融化。

10

　　第二天，来到学校时，我发现院子里完全变了。一些城市警察在放置一些红白圆锥体以划定几种通道，另一些警察在安装红绿灯，并做调试。最里头一个家伙从公路交通管理车上搬下一些自行车和卡丁车，按单行排列。我用目光在学生群里寻找玛丽，但没找到。这种情况立刻使我感到玛丽的危险。我明白玛丽一定会迷失在警察布置的复杂迷宫里，她会被交通事故预防措施困住。而恰恰因为我了解她的情况，我可以对危险做出反应，把危险变成挫败阴谋的机会。我不安的心里重新产生了希望……谢谢，哈依沙姆，我想，谢谢尼姆佐－印度防御！铃声响了，该排队了。

　　这是历史课。幸而我坐在窗子旁边，当别人都沉入到世纪深井里的时候，却有一丝春风抚摸着我的面颊，而且从这个位置我可以看到院子。时间在过去，玛丽始终没来，我不知道应该担心还是放心。我想象她落进卡丁车、自行车和各种牌板组成的敌对城市里，完全不可辨识，对她来说，那是真正的羞辱，甚至是可耻，最后便是我们所有希望的破灭。我完全无心听课了，只知道好像讲的是关于某个时代的事儿，那些国王和王子们用一半时间去尝试谋杀，另一半时间尝试逃脱，还有一半试图要一个儿子，或赢得一场战争。其实是百分之百的蠢材游戏，不能给人的努力带来丝毫乐观。但这些只是一些个人的观点，历史老师根本不会对此感兴趣。这位老师是个很严肃的人，他右耳上总戴着一个小助听器，我们感觉好像他永远跟路易十四保持通话。因为他耳朵聋，我把他叫作贝多芬。

我正这么想着的时候，学校大门响了。我肯定，这是玛丽，她又迟到了。毫无疑问，她要用更多的时间来学校，因为正如她给我解释的，得数着脚步来。甚至可能因为没有阿里阿德涅线的引导，有时会迷路，于是我想象她孤单地在无人的街道上到处摸索着找路的样子。想到这儿，我的心变成了一个干苹果，皱巴巴的，里头什么也没有了。我目光跟随着她。她走进院子，像木头人似的步态迟疑着，因为她应该感到一切都弄乱了。1，2，3，往右，1，2，往左。她碰到一个桩子，停了几秒钟，像个计算着路线的机器人一样，然后往反方向重新出发，立即又被卡丁车的一角缠住了。院子最里头，一个警察以怀疑的神态看着她。不是吹牛，我预先就看出了灾难。注意，预见灾难并不难，甚至可以说几乎没有无准备的灾难。这也是历史向我显示的。玛丽再次在一个假红灯和一个假单行线之间完全迷失，因为她周围全是假的。她在原地转圈，她大概算了又算，毫无办法，就像一个电动弹子球到处碰壁。最糟的，是班上其他人，肯定还有面朝院子的所有班级，都开始流着口水欣赏这场面，就像看马戏一样。人们碰着肘子互相提示。我心想这下完了，显而易见，她什么也看不见。我当即弹簧似的跳起来，自己还没醒悟过来，就站得直挺挺地，对老师说：

"我肚子痛，得出去一下。"

"肚子痛？"

"对，就是说，拉肚子。您从来也没拉过吗？"

这句话用了点时间进入他的脑子，一半是由于助听器，一半是由于吃惊。然后就好像雾气蒙住了他的眼睛。

"您要求明确，我就给您明确！"

我感觉他在助听器里等待着路易十四的训示。终于，我出去了。

我在院子里找到玛丽，果然看到四周的窗户玻璃上贴满了向我们张望的脸。各个教室都几乎骚乱起来，老师们也担心着应该享有的尊重。我觉得走进了一个斗牛场，所有观众都盼望着我们死。就是这样的感觉，如果想到历史的参照。

我沿着交通事故预防人员画出的路径，在一个死胡同最里头找到玛丽。她大概感觉到我，就说：

"是你吗，维克多？"

"对，是我，你的阿里阿德涅引线。"

她显出松了口气的神态，我心想，她和我之间的一切并没有全丢失。我觉得是时候了，就问她：

　　"你还生我的气吗？"

　　她变得脸色通红，但我不知道是因为生气，还是因为爱情，或者两者都是。

　　"是的，我还生你的气。但同时我知道，我从来没像爱你一样爱别人。尽管如此，如果我看得见，我还要打你一巴掌，心里才舒服。"

　　"等等，我上前来。"

　　我不想让她像上次一样打空，站在她正对面。

　　"打吧。"

　　当我挨她一掌的时候，所有人都从窗户里鼓掌，带着口哨和吼叫，后面那些企图灭火的老师气得发狂。一直在院子最里头的那位警察不知道自己错过了什么。我眼睛直冒金星，耳朵嗡嗡响。她的手还挺有力的。我不知道痛的滋味会这么美。

　　"好，现在跟着我。听见我的脚步吗？"

　　跟随狂暴之后的是宁静。

　　"我跟着你。"

　　"你抓住线了吗？"

　　"是的。而且我再也不放了。"

　　就这样，在所有趴在窗子上的学生们的失望、嘲笑和赞赏的目光下，我们穿过了院子。我心想，他们还想要什么来寻开心。下课铃声响了。我心想，学校领导该热闹了。我想到吕基·吕克。我对玛丽说：

"快给我能在文件资料室找到的一本有名的文学书的书名。"

"为什么？你想在课间休息时读吗？你不想跟我在一起待一会？"

"不是，我以后再跟你解释。这很重要，要不，我们会有麻烦，我们会被人家注意、分开，那就是流放了。"

"流放？什么流放？"

"我懂，这是爸爸关于爱情事务的理论……好了，书呢？是给一个发现了文学，要弥补迟误的人的。这一次你就别问那么多了。"

"好……我相信你。让我想想……他喜欢什么？"

"最爱骑自行车。"

"既然这样，你可以去找安东·布隆丹的《关于环法自行车赛》……如果喜欢自行车，这最好不过了。"

我务必在人家找我，要我解释他们称作"可耻的、卑劣的"行为之前拿到这本书。我们俩在学校里点了火，嘲笑了警察，像这样的话，不用几个人就能发生大事。这就足够开除了。在文件资料室，这本书刚好还回来了。我马上填了借书单，我看着自己的签名觉得很古怪。我一边走，一边浏览这本书。我明白这恰恰是他需要的：可以看到从阀板上冲出的车队，听到观众的呼喊，自我超越的汗水哗哗地流……但同时，我也感到里头有某种可悲的东西，签名的魅力使我心跳。

然后，听到扩音器召唤我和玛丽。我们俩在吕基·吕克办公室前的走廊里碰到他。他没刮胡子，看样子我们使他厌烦。他对我们说，要带我们去见校长，他对我们这事儿不欣赏，哗众取宠，干扰了所有课程。

"在这儿等我一下，过两分钟我就回来，我有几份文件要整理。"

他在他神秘的办公室里消失了。一段时间以来，很少看到他从里头出来。于是我孤注一掷，留下玛丽，跟上吕基·吕克。他看见我进来吃了一惊。在一张大椅子里，他显得很小。办公桌后面有一个新书架，按字母顺序排着两本书。塞万提斯正好在大仲马前面。我心想，布隆丹更应该在前面。

"你来干什么，维克多？"

"我想跟您说点事。由于您要带我们去见校长，如果我现在不把事情做了，我就难以再支持您的事了。"

在办公室墙上，有几张自行车冠军在拼命冲刺爬坡的招贴画，他们流着汗，就像烤架上的鸡流着油一样。

我不大知道怎么开头，可是我没有多少时间，最后我终于冒出一句：

"《堂吉诃德》，您喜欢吗？"

他在空中画了几个弯。

"不怎么好，我有些失望。"

"为什么？"

"这不是一本……怎么说呢，一本严肃的书：我不喜欢他嘲笑人物。因为说到底，堂吉诃德只是一个可悲的受尽欺负的傻瓜。这样一来，我就不怎么喜欢了。你还有什么别的东西向我推荐吗？"

我彬彬有礼地把书递上。

他抓住书，拿到鼻子下去闻，仿佛想把它吞吃掉。

"我还是希望它有点悲剧性。"

"这我不知道，您会看到的。"

电话铃响了，吕基·吕克接电话，我明白是校长打来的。

"好了，我们得走了。注意，不要抱怨。像我在寄宿学校时，如果犯了错误，就得去校长的空办公室里跪着，这样等一刻钟……半个小时，然后响铃，校长出现，给我们一个耳光，或几个耳光，看情节轻重，从来不说一句话。然后还要跪着等，直到响铃，宣布你可以站起来走了。"

"那个时代不大温和啊。"

"有一天，我跑去偷了传达室的自行车，我三天跑了

350 公里，从那以后，我就离不开自行车了……"

"您的少年时代很有意思啊！"

由于我带着钦佩的语气，他显得很得意。

"您记得我在走廊里碰见您去体操房看《堂吉诃德》吗？您说过您会报答我的。"

"好的，我会看看我能做什么。究竟是什么念头让你去出这个洋相！嘲笑瞎子可不是美事。这事出自你，我不怎么奇怪，可你的女朋友，不是那种人……"

"因为我打了一个愚蠢的赌。但那只是我的主意，所以，如果您问我的意见，最好是只惩罚我一个人。如果连她也惩罚，她父母肯定会把她送到寄宿学校去，我们学校就将失去一个最优秀的学生。"

"你相信她父母那么严厉吗？"

"是的，我了解他们。她父亲是拍卖估价员，不是开玩笑的！如果他们知道了，肯定得转校，天才就飞了。"

玛丽和我，我们跟着吕基·吕克，到校长办公室前，他对我们说：

"好了，让我先进去。"

我突然灵机一动。

"特别请您跟她说清楚，我有一个绝妙的主意为我们将功赎罪。"

"什么主意？"

"我想，我们可以为学校举办一场大提琴演奏会……对内行来说这是很高雅的东西。"

"可是你不会拉大提琴呀。"

"对，可是我可以翻乐谱。"

吕基·吕克消失在勒孔特太太的办公室里。

"不行吧？"玛丽对我说，"大提琴演奏会……什么馊主意？"

"不，不是馊主意，而是绝妙的主意。你没明白……因为刚才那场马戏，人家不久就会发现你根本看不见。我甚至肯定某些人已经开始怀疑了。你相信凡·高会放过这样的机会来抹黑我们吗？那么一场音乐会就足够封住所有人的嘴，特别是当人家觉得你能读乐谱的时候。"

"果然，这不笨。也许你说得对，重要的，是赢得时间……我们只要坚持三个星期。"

她的眼睛像两支小蜡烛放出了光芒。我发现她的胸衣扣子错了位，而这也是可能让人抓住把柄的细节。

她叹了口气。

"还有个问题。"

"什么？"

"交通事故预防措施。我得骑自行车或开卡丁车，这可难了。"

对这个，我无能为力，缺少办法。如果她推托去医疗

197

室，就可能要接受检查，被发现问题。跟总能比对手至少
先行十五步的哈依沙姆比起来，我还只是个观众。我宁可
不说话。我发现，智慧，往往是以神秘的神态，闭着嘴，
低着眼，以信誉购得。

结果，事情是这样了结的：我，打扫一条走廊；玛丽，
为全校学生和家长无偿奉献一场演奏会。各尽所能！

上午结束时，我精疲力竭地到哈依沙姆那里去。我甚
至连去食堂的力气都没有了。精神上的折磨远比体力上的
劳累更耗人，这是我的看法。我觉得被掏空了。他坐在一
张小小的椅子上，肘子支在桌子上，看着棋盘，仿佛要把
他麻醉，逼他吐出所有的秘密。我发现，他永远包裹在格
子衬衣里的大肚子碰着桌子边沿。

"你在干什么？"我问他。

"不干什么。"

"不干什么，这叫啥？"

"没什么。因为沙巴开始了。不能做事，所以我什么也
不做。"

"你总得在某一天告诉我，为什么半是埃及人的土耳其
人要做沙巴。而且，我相信只是在晚上才开始吧？"

"我做沙巴愿意什么时候开始就什么时候开始。对我来
说，是星期五中午开始，因为作为国际象棋棋手，我总是
先行一步。没什么可解释的。而且，这也不妨碍任何人。

比如，这妨碍你吗？"

"我根本无所谓。对土耳其，我也只知道它的大概位置，在地图上，我还把它跟印度混淆。"

"而且在 19 世纪，欧洲人和阿拉伯人断送了我们的和平……他们吞并了我们。所以现在我们做沙巴是为了报仇，你可以认为，是为了让欧洲人和阿拉伯人恶心。要是愿意，就从星期五中午开始。"

我对他说的东西不大懂，见他盯着棋盘看，我寻思他似乎不在状态。他嘴唇不时动一动，于是我明白他脑子里在下棋。我缓缓气，对他说：

"哈依沙姆，我有些问题。"

他眼睛也不抬。

"我知道。"

"我知道你知道。你从来不说废话，但你比别人先知道一切，就像尼罗河里的鳄鱼。"

"就像下棋，总得先走几步。所以，她瞎了。"

他笑了笑。我心想，他果然正在变成巨人，似乎我亲爱的埃及人在渐渐变成神话人物。

"但这得掩盖住，否则全完了。所以你看到，今天下午的交通事故预防措施，你们就麻烦了。"

哈依沙姆移动了一个棋子，把对方的王将死了。他一边拿香糕一边叹气。

"不过，据我今天上午所见，你似乎抓住了尼姆佐-印度防御的基本原则……但现在你处在被封死的状态。你看……"

他向我指着棋盘，似乎我应该从里头找到解决办法。

"那怎么办呢？"

我开始害怕。

"可是，尼姆佐维奇不单纯防守，他也采取遥控中心，将敌方逼入被封锁境地的办法来进攻。就是这样，很清楚。"

这时哈依沙姆的父亲突然出现了，他打开一台微型收音机。都是些让人不开心的消息，说几乎到处都是炸弹，咖啡馆，电影院，还有学校。所有人都叫喊报仇，连放过炸弹的人也叫喊；几乎到处闹哄哄，我因为自己的担忧而木呆呆的。"遥控中心……""封锁……"我站起来。

"你要走了吗？"高贵而可敬的埃及人问我。"找到办法了吗？"

"我相信是的。"

他举起大手做了个再见手势，严肃地说：

"你是个王子，我的伟人。"

可是我，这话让我流出了眼泪。应该说，从某段时间以来，我非常敏感。我像块海绵，只要一按就流泪。

我没有多少时间了。我必须找到马塞尔，只有他能跟艾蒂安联系上，他已经再次被开除了。我一定得跟他说。我在院子里来回找，走了无数"之"字形，终于发现马塞尔在守一个球门。

"我有话要对艾蒂安说。"

我的神态大概像个疯子。

"你好奇怪。人家以为你在变成疯子。是刚才的马戏把你变成这个样的?"

"我怎么可以找到艾蒂安?"

"不难。他在家里很烦，天天在学校前面的栅栏边转悠。反正他最近很可疑。他好像病了。你得注意他。你走吧，我可不想因为你丢一分。"

这时，我看见凡·高脚下盘着球气势汹汹地来了。我溜到右边，我注意到他为了帮我解脱故意不射中门，射出的球飞到房顶上去了，比赛不得不停止，他挨了其他球员的一顿责骂。我马上扬起手臂表示鼓励，仅仅在他和我之间的一种亲密表示，几乎是一种同情。

我到栅栏边去找人，像一只求人给花生的猴子。我放弃了食堂第一次供餐。我肚子饿了，我必须做出牺牲，这是我在校长办公室听到她说的一个词，我不大懂，但我觉得很切合我现在的情况。丰富自己的词汇，哪怕仅仅是差不多，也算一个小小的乐趣，好像一股新鲜空气。我就这么等着，一只眼睛看着上课的钟，另一只看着艾蒂安常走的路。

正当我几乎失望的时候，我远远看到他的影子。我像荒岛上的落难者，拼命向他做手势。我马上跳到他跟前。

"艾蒂安，艾蒂安，我需要你！"

"你？"

他果然神情古怪，心事重重的样子。

"对，我需要你。听着，我们时间不多。我会报答你的，需要我什么时候报答，怎么报答，都听你的。事情是这样的：过一刻钟，要实行交通事故管制，所有人都要骑自行车或开卡丁车。可是，我真的非常需要阻止这件事。"

"我能干什么呢？"

他在卖关子，我感到血冲脑顶。

"你到最近的电话亭里去打电话，掩盖住你的声音，说学校里安装了炸弹。现在到处都放炸弹，几乎成了一项体育活动。那么在一所学校怎么不可能呢？甚至有几次航班都因为这事取消了。通常，我们都得遣散。在国际象棋上，这叫'遥控中心'，'逼迫敌人进入封锁境地'。然后，你必须迅速离开，回家去，或到一个人家能看得见的地方去。"

他听着，皱起了眉头，显然在苦苦思考。

"我不能待在那里监视，拍几张照片吗？"

"不能，你想想看……如果你当了肛门直肠科医生，而不深入思考，那就有好看的了!"

"行，我很愿意帮你这个忙。况且，我觉得这主意挺有趣。但还得有一个条件……"

"什么条件?"我一边看着监视车辆的警察，一边问，"快点，我们没时间了。"

"喏，你看那边那个女孩，头发上扎着紫色带子的……"

我犹豫着，试探他:

"癞蛤蟆皮?"

"对，但你别这么叫她，我不高兴。我要你替我写一首送给她的诗，要能够显出她的优点，品德优点和身体的美。请你写得高雅点。"

我忍住笑，因为他样子很认真，而且我不想耽误事情。

"行，后天交稿。"

"明天行吗?"

"不行，后天。因为作诗的激情是不能预订的。"

然后，他朝电话亭跑去了。

首先是校长，惊慌失措地跑出办公室。学监跟随着她，同时警报响了起来，吕基·吕克迟迟才与他们会合，心不在焉，仿佛事情跟他无关。学校打开所有出口，让学生像潮水一样疏散出去。校长见吕基·吕克一直无动于衷，喊了起来:

"喂，您还等什么？您没见那些栅栏路障吗？您要等到什么时候才动？这里，您是领导。"

领导用目光巡视着校园，似乎她在厚厚的玻璃后面注视着情况；吕基·吕克懒洋洋地叫我们排队，那神态仿佛一个事不关己的人。

"什么把您弄到这种状况？"我问他，"您有个人问题吗？"

"是安东·布隆丹那本关于环法自行车赛的书。你不该把这么一个炸弹送给我。"

"可这是一本很美的书。"我猜测说。

"不是一个美的问题……我相信，文学要让我发疯了。我躲在乒乓球桌子后面，可突然间却跌倒在篮球场上。你知道我一个人孤零零地，在体操房里大声喊什么？"

"不知道。"

"我读到第 13 页，就用全身之力大喊：'安格梯尔，我爱你！'我但愿没人听见。这一来，我更理解可怜的堂吉诃德了。"

我很佩服骑自行车的堂吉诃德，我心想，这毕竟也是一种风度。

他有点震动。

"无可怀疑，文学让您痛痛快快洗了个澡。"

他挠挠头，他方正的脑袋上竖着一绺紧密的头发。

后来大家都传言说，那个电话是一个叫达克·瓦多尔的人打来的，威胁声里喘着粗气。我检查了一下，这符合他的做法，艾蒂安不在那里监视我们，他穿着一件黑色披风，紧张焦虑的面罩上连着一个氧气瓶。

我等着玛丽，我们溜进人群里，慢慢地从学校大门里出来。

"你认为这是个奇迹吗？"她问。

"当然。"我回答。

"当然，是个奇迹。"

她眨了眨眼睛，我真的被她惊到了。

11

我们像坐在雪橇上一样滑向夏天。树木披盖上浓绿的叶子，男孩们的脸上长满了大颗的粉刺。我呢，每天长一颗；我本想数一数，但数到 72 就停了。像月亮表面。爸爸给我买了一种白色药剂，每天晚上给我抹；我脸上开始发痒，过了十来分钟开始发热。可是爸爸坚持要我至少保留半个小时。为了让我有耐心，他让我坐到电视机前看历史节目；历史事件使他很烦，我感觉，在他脑子里，我的粉刺迈出了革命步伐。然后我就可以摆脱困境了，似乎我在用喷枪给自己镀铜。可是爸爸觉得更好了。他对我说：

"你漂亮得像个皇帝。现在你可以去刮胡子了。"

我本来可以在脸上敷一层玻璃纸的，我想效果应该也一样。在荷尔蒙爆发的这段时间，好处在于每个人达到同样水平；荷尔蒙，很民主。在学校里，谁也不敢嘲笑我，连癞蛤蟆皮在内。大家都避免惹她，因为大家都越来越像她了。而且，这并不影响她找到一个情人。除了艾蒂安和玛丽以外，我是唯一一个知道的，我在这场联姻中不是无足轻重的。这是第一次我对尊贵的埃及人隐瞒某件事情，我对这个独立信号颇感高兴。

对于内心的美，我不觉得太困难，只要发挥想象就行，可对于身体之美，就比较麻烦了。

我把草稿拿给爸爸看，但仅限于请他订正拼写，因为对于品味和总体的风格，我对自己是相当满意的。

可怜人！ 我无法想象人家叫你癞蛤蟆！

而且你常被看成烂苹果，

而我呀， 真的欣赏你的大鼻子！

这是我唯一所爱呀， 我猜想你脑袋就藏在里头。

最后， 我还欣赏你强壮的大腿，

鼓起的肌肉把缠腰布撑破。

因为你尽管奇重无比， 还能吸收空气自我哺育，

滚圆恰似陀螺， 也像火箭那神秘。

我盯着你大张大合的嘴巴， 在食堂里，

狼吞虎咽收尽食物以补充熊力。

我满怀爱恋注视着你，

欣赏你的胡子顽强地生长。

当你吃饱喝足能否望你看我一眼呢？

你将是我的皇后， 看我一眼， 我才能诞生！

他脸色变白了，随之一片红晕冲上头顶。不用说，这

首诗令人印象深刻，激起了父亲的骄傲。

"你注意到每句开头第一个字母构成一个词吗？这很别致，对吗？"

"Crapaud 只有一个 p，结尾是一个 d。"①

他倒在沙发里，庄重地看着我，手摸着下巴。

"这是我自个儿写出来的。"我有点不好意思地说明。

"但愿如此，"爸爸说，"要是两个人写的，就太奢侈了。"

"除了这句'这是我唯一所爱'是从法语课本里找到的。"

"拿一张纸来，把它改一改。"

"你不喜欢吗？我呢，我觉得这是一声春雷！"

"不，我喜欢。但还是得改一改，有几个小毛病。你知道米克·贾格一直修改他的歌词吗？而龙沙小老头，如果他没有反复修改润色他的诗篇，怎么能这么长远地催人泪下？"

最后，我把跟爸爸一起修改过的版本交给了艾蒂安，但说实话，我还不大服气。对拼写，我没话说，但对总的品味，我还是更喜欢原版。按玛丽的说法，我对爸爸，就

---

① 原诗每句开头第一个字母构成 peau de crappaut，意为癞蛤蟆皮。但其中有拼写错误。

像克里斯蒂安对希拉诺和贝舍雷尔①。这几乎等于没说。但我觉得，把我跟书上的英雄相比，总是不可轻视的。

"你觉得你的克里斯蒂安需要一个贝舍雷尔吗?"我问。

以下就是我交出的修改稿:

自从你进入我的生活，

我的行为就一片迷糊。

因为我心中有了一把爱情的匕首，

我每时每日吼叫着痛苦。

每当我注视你的小手，

在课堂上忙着记录;

我就想一把抓住，一口咬住。

只要一想到就满心乐趣。

我多想变成你的钢笔，

让你纵情挥洒，恣意狂书。

你的双眼便是我的墨水，

我爱你已陷入深窟。

你那小小的嘴睑，

我何曾见过美若珍珠。

你丰满的小手，强劲的下颚，

---

① 希拉诺 (1619—1655)，法国散文家、剧作家、哲学家，对青年作家克里斯蒂安倾注友情、大力扶持。贝舍雷尔 (1802—1883)，法语语法家和词典编纂学家。

你没法想象怎么引诱我，

你也许会拒绝我，

因为好几次我轻若微风，

但你不用做一个小天才，

拥有一颗鸟巢似的心，

去等待她一生的爱情。

看着艾蒂安和癞蛤蟆皮可真有意思，胳膊缠着，双手握着，交换着眼神，我心想我总算干成了一件事。起初，我曾想艾蒂安和癞蛤蟆皮交往，只是跟荷尔蒙有关，因为他有一个理论。

"你知道吗，"他对我解释说，"越丑的姑娘才越够劲儿……"

"哦，是吗……"

"千真万确，这符合逻辑。癞蛤蟆皮是学校里最丑的姑娘，对吧？"

"反正是最丑之一。不过，还得专家来评定。"

"那么癞蛤蟆皮就是学校里最棒者之一，甚至就是第一棒。"

人们可以这么看事情。玛丽曾跟我解释，这跟三段论有关，但似乎应该提防这种事。她对我说苏格拉底是个人物，但她说的其他的东西我都忘了。但无论如何，由于我不大清楚那到底是好事还是坏事，证明的一部分我没能抓住。后来，随着时间推移，我终于明白艾蒂安的理论行不通，因为他实实在在地陷入了爱情；按我的意见，看到一种理论碰壁总是有趣的，就像这个世界在逃脱，在网眼之间行走。他甚至变得很温和，很安静了；爱情这东西，不会让你不受影响的。

有一天，他来看我，颇为尴尬地问我：

"你作为一个以诗意眼光来看问题的人，你知道该送什么给一位姑娘吗？能表达微妙感情的东西？"

"我不知道。也许是花吧。"

"花？不行，她过敏。"

"那就送香水。对，香水可能合适。人家一般就送这些，花，或是香水。要么一本书，但这得送给真正高雅的人，而且得在事情认真的时候。"

他看起来有点儿犯愁。

"要么你可以邀请她进馆子，"我又说，"浪漫的蜡烛有利于亲近。有一天晚上，我在电视上看到一部这样的片子。说实话，你跟她讲了你的志愿吗？"

"你什么意思？"

"你跟她说过你想做肛门直肠科医生吗？"

他对我解释，自从他陷入爱情，对屁股眼的兴趣就差多了。

"那么，送礼物，你打算选什么？"

"我想请她去电影院，看一部恐怖片，还请她吃爆玉米花，我觉得这样更大方。"

突然间，不知为什么，我问他：

"告诉我，"我改变话题，"你知道我们的旧棚子还存在吗？"

"怎么啦？难道你想回去玩音乐吗？"

我耸耸肩。

"不，我只是想知道它是不是还在。"

"它一直完好无损，床铺和其他一切。很舒适……对了，我可以带她去那儿。"

艾蒂安并不是唯一一个因为感情魔力而改变的人。有一天一大早，我发现数学老师一点也不瘸了，她走得完全正常，甚至很坚定。于是我想她的宝宝终于离开了她的右腿，她的生活又变得轻松了。在课堂上，她有时露出神思悠悠的样子，嘴唇带着隐隐的微笑。看来她很难集中注意力，似乎她更愿意跟我们讲余弦、切线、比例以外的东西。在美丽的六月，她再也不信数学这些东西了。依我看，她肯定是遇到了一个人和她在一起了，这比数字的大山要有趣得多了，即使是对那些专家来说。现在，她为了花哨和魅力，穿上了裙子，耳朵上挂着花花绿绿的玩意儿，上课时让我直打瞌睡。这一来，我有点欣赏她了，虽然比对玛丽、哈依沙姆和爸爸的欣赏少，但总归有点欣赏了。

我完全相信我可以跟玛丽把我们的计划进行到底。自从上次音乐会以来，事情变得很简单，因为谁也没有怀疑了。大家都以为她在专心看谱，其实她是把谱熟记在心，我们约定一个信号，使我知道翻谱的时间。这要求我要做相当的准备，因为要准确地翻谱并不是那么容易的，即使在生活中，翻页也是极其困难的。爸爸对我解释过，这是一种讲述遗忘，把生活中痛苦的部分放进橱柜的表达方式。我理解，这跟邀请一样。

"我们过去跟妈妈在一起的生活，你翻过这一页了吗，爸爸?"

他毕竟不是一个喜欢交心的人，我注意到，他通常总躲在巨大的潘哈德车后面。他想跟我谈在乌拉圭生产的PL17，和一个难以记住的车盘号码的故事来转移话题。

"爸爸，那一页，你翻过去了吗?"

他缓了一口气。

"是的，但我向你发誓，那不是一本袖珍书!"

我看出他怕我抓不住其中的意思，但是我点点头，向他表示我已经开始懂得隐喻的表达，我理解他的感情。

"爸爸，我们俩，总算是幸福的，对吗?"

"当然，我们是幸福的!"他一边说着，一边拍拍我的背，让我对这个念头放心。

玛丽曾说，我在专业翻乐谱方面很有天分，如果她成了名，她就会要我做她的翻页师，那是音乐会能否办好的关键。她对我解释，某些超级音乐大师在登峰造极的时候，从来就少不了一位优秀的翻页师。

　　"我多有运气，一下就找到了我的翻页师。"她说。

　　说实话，我看不出在她的视力状态下怎么会需要一个翻页师，不过算了，现在不是得罪她的时候。而且我注意到，一个特长只要人家喜欢，就足以说明我们是必不可少的，哪怕我明明知道自己一无是处。

　　音乐会的晚上，所有人都一本正经坐在位置上，束手束脚，甚至感到呼吸困难。我还记得让哈依沙姆和他父亲坐在第一排。这位可敬的埃及人甚至对我说：

　　"一场沙巴，但这次我破了例。不但为了音乐，更有趣的是看到一大群人被一个女瞎子和一个呆瓜哄骗。"

　　通常，我肯定会生气，但对哈依沙姆，总得从更高的高度来看待和理解事物，于是我把它理解为是一种很高的赞扬。在舞台上，我觉得自己一丝不挂，跟脱得精光相差无几。我每翻一页，就觉得脱去了一件衣服，但玛丽的琴弓拉动着，用看不见的针眼给我编织着新衣服。结果，我发现自己心跳剧烈，浑身大汗。学校和市里的重要人物都来祝贺玛丽，也对我有所表示，因为他们都很有礼貌。玛丽直直地看着他们，我心想，她怎么能确切知道对话者的目光看着哪里呢？

我们确信越过了最后一道障碍。两个星期。就像面对红海的摩西，我们举起一个手指就足以劈开所有的危险。在学校里，我完全不知道我们两人谁在保护谁。她很脆弱，我是她的盔甲。凭着这种角色，凭着玛丽的虚弱，我第一次感到在学校里理直气壮。比如有时，人家要她念一篇文章；而发言的却是我，可是人们似乎觉得这很正常，好像我们是连体双胞胎。有点像罗雷尔和哈尔迪①。我可以确信，我首先觉得这很快乐。协作使我们越来越亲近，我发现一种从来也不认识的感情。我开始害怕学年结束，不是一点小小的害怕，而是一种真正的担忧，突然白天扼着我的喉咙，夜里拽着我的心：这是无法翻过去的宽广的一页。有一天我对玛丽说：

"你看到，情况并不那么妙。学校对我来说，一直是灾难。爸爸曾对我说，连在幼儿园，我都很难合群，后来我差点在幼儿园留了一级。可是，突然间，今年就完全相反了，第一次有人真正依赖我了。这毕竟不是毫无意义。我完全相信，人只要觉得自己有用就会活得幸福。你明白，假期快到了……你会去对音乐和一切都有天分的人的学校里，可是我……"

"你怎么啦？"

———————————

① 罗雷尔与哈尔迪，美国电影演员，被视为整个电影史上的最佳喜剧搭档。

她以一种狡黠的神色微笑地看着我，似乎我说的很可笑。

　　"嗨，又是流放了……没人管我了。一切又恢复到以前那样。除了我不会再把藏卫生纸当作取乐来消磨时间以外。他们随时都可以去解大便。现在，我有别的担忧。我达到了一定的高度。我向你坦白，我有时希望你比赛失败，使你继续跟我在一起。可是显然，我明明知道你不会失败，而我也不是那种能完全成功的人，因为我的生活，就像爸爸的生活，走的是一条奇怪的路，不完全是直路。而明年，就轮到我变成瞎子了。"

　　我看出她在试图理解我，这是她的善良和友好。随后，我没有出于自尊而止步，我不知道什么抓住了我，我要让感情崇高起来，我垂下眼睛，以严肃的语气宣布：

　　"其实，我的生命开始于遇见你的那一天……"

　　"你认得吗？"

　　"我认得什么？"

　　"就是路易·阿拉贡的这句话：'其实我的生命……'"

　　"啊，这话是他说的？你刚才怎么叫他？"

　　"路易·阿拉贡。一个大诗人。出于他的伟大感情，他不时有点骄傲自大，不过总算……"

　　"真奇怪，我以为他是飞行员。说到底，造句并不难。只要随意一点就行……"

我们朝音乐戏剧学院默默地走了一阵子。周围的树木、房屋都清清楚楚地显露出来，跟往年夏初一样。我搜索词句来表达心中的感受，终于发出这一声感叹：

"反正你看到，明年，我将有一颗'点字之心'。"

我对我这个说法相当自豪，尤其因为它精确地勾画了我内心的东西和我对未来几个月的担忧。玛丽呆立在我面前，用力皱起她已看不见的小眼睛，似乎祈求它们再看最后一分钟。这一下，某种难以置信的事情发生了。她向我伸出双臂，在我的背后紧紧扣住，然后稍稍屈膝，轻轻地，轻轻地把脸贴在我的胸膛上，因为她个子比我高。过了几分钟，她说：

"永远也不会有人对我说这么美的话。只要你以后这么跟我说话，我就一定会让所有的星星跟着我的音乐颤抖。"

"你相信？"我像个呆子似的回答。

"是的。"

然后我们爆发出了笑声，因为我们还在把笑声与泪水混合的年龄；我们的心能够真正地区分两者，那还得是以后的事。

***

在这段时间里，我真的很幸福，爸爸定期叫我跟他一起去"加拿大"，给他的顾客送货。或许他认为我这一年表现还好，我取得了担起某些责任的权利。我们总在夜里上路。我尤其记得那些不时与我们交汇的车灯，它们晃得我直眨眼。在棋盘街，我按照爸爸交给我的清单装车，然后，我跟他在他办公室会合，我们用抽签办法确定路线，然后就这样在城市的迷宫里兜圈。有时，爸爸会随意对大众生活，对历史，或对某些他认为已经运转得不够圆满的事情发表评论。

"你想知道吗，维克多？"

"什么事，爸爸？"

"自从雪铁龙搞掉了潘哈德车制造厂以后，这车就再也不行了。"

"那是雪铁龙一次野蛮的行径。"

"以前，谁也不敢这么清除法国第一家汽车制造厂。现在，只能在南美洲、古巴或越南看到潘哈德车了。"

"这很可惜，爸爸，不过这就是生活……"

"要我说，这种生活是不好的。"

我们父子两个，就这样度过夏天的夜晚。我们一个一个地访问爸爸的顾客。这样看来看去，最后我脑子里把他们的面貌和地址都搞混了。我比较清楚地记得一位老先生，向爸爸订购一切与约瑟夫·卡约有关的东西。他给我们献上一杯茶，最后总是眼睛直直地盯着我说：

"不要忘记，你父亲，是最棒的。他要是愿意，本来是可以去，去……美洲工作的。最棒的，嗯，你得记住啊。"

"是的，最棒的，我记住了。我也会尝试……最棒的。"

有一次，我问爸爸：

"为什么古塞尔街那位顾客不断地对我说你是最棒的？最棒在哪里？"

"我不知道。"

"为什么提到美洲？"

"我不知道。"

"这总是奇怪的，你不觉得吗？"

"照我看，他把我跟另一个人搞混了。收藏家往往都有点儿精神错乱。而且，最棒的，也没什么了不起；保尔和让·潘哈德曾经也是最棒的，并不妨碍雪铁龙把他们绊倒。"

"爸爸，我呀，我倒觉得他说得对，你真是最棒的，货真价实。"

他开着车，眼睛直盯着前面，似乎没有听我说话。我偷偷看了他几秒钟，又说：

"我不大知道他指什么，甚至不知道是什么意思，但我相信。"

　　在荒凉的城里乱转，被黑夜淹没，这挺有趣的。我们多次走过同一个地方，似乎迷路了，最后我甚至怀疑爸爸是不是随意乱转，尽管他样子那么安定自信。我觉得红灯几小时地持续着，爸爸开得越来越慢，我们将继续在庞大的、把我们跟现实世界还稍微挂在一起的潘哈德车里，就这么继续转下去，直到时间的尽头。渐渐地我睡着了，爸爸独自为剩下的顾客奔忙。有时我迷迷糊糊地醒来，我想到玛丽才是真正最棒的，我试图指望某一天能为她帮点忙。

＊＊＊

　　由于总碰上好运气，经过了这些点点滴滴，最后我竟以为可以一直不引人注意直到比赛了。但正如爸爸看的历史节目告诉我们的，有一点儿乐观主义都是错误的。可不管怎么说，事情看起来那么容易，让人觉得还是很有趣。还得说，玛丽变得越来越美了，棕色的发卷像首饰一样直垂到肩上，真希望她就像这样一直站在我面前。最迷人的是，到校以前我们会在教堂前会面，我给她涂口红，把我重抄的练习和当天可能碰到的难题交给她。我做得很好，没有把口红涂到外面去，而这是很难的，因为在给画涂色的课上，我从来没有做好过。而事实上，我的心，和她的心一样，都被爱情染上了红色，就像在节日集市上分吃的苹果，一咬一嚼完全同步，中心还有一粒小小的果核。

我发现，每当事情出岔子，总是突然发生的。走着小步慢慢踱来的灾难，我不相信。应该说，我几乎忘记了凡·高和他的耳朵。但他一点也没忘记。照我看，我们正是在报仇上认出人的凶狠的。他肯定非常仔细地观察了我们，推断出我们的活动规律，想出了把我们分开带走玛丽的办法。有时，恶毒几乎会使人变聪明。

有一天傍晚，当玛丽在通往她家的路上给我递来一张卡片的时候，我就明白要坏事了。

"喏，你看，人家给我一张生日请帖。你得给我念一下。我想我应该去，要不就显得不合理了。"

我看了卡片。是空白的，纯粹是一张白纸。

"可是你说了什么？"

"哎呀，人家要我当场答复，我就装作看了卡片，说我会去，我认得那条街。现在我需要知道晚会的时间和地点，或许你也可以来……"

祸事来了。世纪海啸。我看着那张白色小卡片，仿佛一场雪崩正在把我们吞没。

我背靠在一棵树上。听到远处滚球互相碰撞的声音，紧接着是球员们赞赏的呼喊。

"我不想吓唬你，但我相信人家给我们挖好了陷阱。卡片上一个字也没有。什么都没有。"

她保持着镇静，默不作声，似乎在思考。

"事情严重吗？"她问。

这正如爸爸所说，是朝现实的反向掉下去，千万不能把人类的命运交给知识分子。我不知道为什么，关于流放的电视画面又一次掠过脑海。我抖抖身体要把它忘记。

"这意味着有人想证明你看不见。他们想要揭穿我们。你可以相信：你父母明天上午就会知道，甚至更早。"

我们又默默无声地走着。

"我相信你说得对。没有别的解释，否则有什么意思？要正视这件事。很遗憾，因为我们已经走到头了。还差几天？"

"四天。"我一边说，一边气愤地伸出四个指头到她眼前，尽管她看不见。

"我已经选好了比赛时穿的裙子。总是快到了最后就不行了。这种习惯真奇怪。音乐会也是这样。"

"你真的相信失败了？"

她吃了一惊，因为我的声音古怪而嘶哑。

"或许归根结底没那么严重。我父母会把我放进那所漂亮又专业的机构里，我可以在那里头学习。"

"你能那么确定他们不会改变主意？"

"确定。上星期他们还跟我说了这事……一开始他们就对我把宝押在大提琴上不大热心……音乐，是一个高风险职业！你在琴键上很快……那么现在你可以考虑……可是不要为我担心。我会在生日聚会上搞音乐，就是这样。你不要伤心。"

她抚摸起我的肩膀来，似乎是我需要安慰。

"那毕竟是个美丽的冒险……"

我大声吼起来，似乎她耳朵也聋了：

"别说了！好好听我说，我以爸爸的潘哈德车起誓，再以三个火枪手起誓，我发誓，你的音乐会一定能通过！我不知道事情怎么扭转，也不知道怎么摆脱困境，但我所知道的，就是四天后，你会给他们演奏乐曲，所有那些听过你音乐的人，他们将被震动整整一个月，让红地毯一直铺到时间尽头。"

她似乎一点也没有被说服，可是她说：

"你很善良。"

然后我们就分手了，因为她要去找她的大提琴，准备去音乐学校。我呢，我从教堂前走过，又一次想走进去。说实话，我对教堂没什么感觉，但有时，在绝望之下，人们会到从来没相信过的地方那里去寻求支持。我掏出几块零钱，点亮一支蜡烛，蜡烛发出微光和热量，一缕青烟盘旋而上，似乎要上到某个高高的地方去。我跟跄地回到家。爸爸说我发烧了，据他看，至少有 38 度。他说，我的脸色

223

就好像在同一天把爸爸和潘哈德车都给埋葬了。

"你的脑子，在为没有打到幸福的果子而伤脑筋，我的老朋友。"他对我说。

我甚至不敢照镜子。我真想把事情从一开始就向他和盘托出，但我放弃了，因为我想，他可能认为把一切告诉玛丽父母更合理，而那样一来，一切就完了：一个超级葬礼！

吃饭时，我几乎没有动盘子。爸爸为了让我分心，叫我看一本关于潘哈德车的历史书。里头有许多小轿车在风雪里、在海边、在城里的彩色照片。我模模糊糊听着爸爸具体讲述装配在某些 PL17 的 "最放松" 的革命性装置。我不觉得这跟我有什么相关，但我想有一种爱好总是好的。照我看，对潘哈德车，对国际象棋，对音乐，对收藏的爱好，是某种自我保护机制，是为保持距离，避免过度关注别人而发明的；免得人过于投入同情，那绝对不是一种让人舒服的感情。

我整晚垂头丧气。我试图像所有老师对我们说的那样去理清思路。

1. 什么值得怀疑？

  一切

2. 什么值得希望？

  没有

这很简单干脆。没什么可说的：方法，带来清晰。凡·高挑起这件事，在他的脑袋里肯定有什么主意。我若再次实施尼姆佐-印度防御应该行得通；对威胁我们的危险给予高于其本身的理解，这叫预见能力，是大众生活的一个根本品质。那么，谢谢尼姆佐维奇先生。

第二天一早，我带着这些反思和推论走进哈依沙姆的小屋。我满脑子这些乱七八糟的东西，如果发现我鼻子里冒出香芹也不奇怪。哈依沙姆正以慢吞吞的动作准备下棋。

我没让他说话，直奔主题：

"给我说说尼姆佐维奇，那个靠防守生存下来的家伙……"

他抬起大脑袋，他的目光告诉我他都明白了。他使我有点精神紧张。他笑了笑。

"好的，尼姆佐维奇，名阿龙，他的伟大发现，在于发现消极手法的有效性。你在听吗？"

"意味着不进攻吗？"

"意味着在考虑我方进攻之前，先使对方的意图破产。他的口号是：'扼制，封锁，最后摧毁。'"

"好漂亮的计划。他最后怎么了，你的尼姆佐维奇？"

"他 1935 年死于一场本可避免的肺炎，时年 48 岁。"

接着是一阵沉默。我在对应对某些敌人的无用计谋作哲学思考，这些计谋连一些非常聪明的大师都没能识破。

我觉得我的埃及人忘记了我的存在，可是我错了，因为过了一阵子，他以很低的声音告诉我：

　　"等会人家要召见你。"

　　我几乎大吃一惊。我已经没有多少激动要流露了。我像一把被拧干的拖把。

　　"我很担心。这回要栽了。"

　　"不。这是决赛，如此而已。只能说你还有点缺陷。你只有把尼姆佐维奇跟雷舍夫斯基结合起来才会有用。记住雷舍夫斯基是个决赛专家。"

　　"也是摆脱困境的大师吧？"

　　"对啦，摆脱困境的大师！"

　　我感觉到我可敬的埃及人在用象征性语言给我传递某种东西。对危险的理解＋摆脱困境的方法……我一下子站了起来。学校里还空荡荡的，只有几个清洁工推着装拖把的小车，那些拖把就像干瘪的死水母。这时候很容易再离开学校不被人发觉。我走上回村的路，终于发现她正专心地迈着机械的步子走过来。这有点奇怪，别的学生都朝着学校的方向走去，而我却反向朝着玛丽走。我远远看见她，发现她态度放松下来，不太注意动作了。我本应该更早地注意到，她越来越像个盲人了，可是跟她来往多了，就更多地注意了她身上别的东西。我一边跑着，一边设计出一个心理学理论。根据我的理论，随着一星期一星期地过去，玛丽最终会忘记明眼人的动作，使她根本无法自我模仿，不知不觉地，她再也不像她自己了。她突然朝我抬起脸，不敢说话，因为她不太确定面对的是谁。尽管如此，她却从来不会弄错，每次都能认出我来，肯定是因为直觉，据说这尤其是女人的特长。

"是你吗，维克多？"

我想等几秒钟再回答她，看看她的反应。一般而言，这不大影响她，因为她尽管残疾但对自己很有信心。

"维克多，我知道是你。你别吓我，我认出了你。我在教堂前面等你……怎么会在这里碰到你？"

她从包里拿出一支口红，她把嘴唇噘成一个有点发颤的圆形伸到我面前，像一颗苍白的糖果。

"听着，"我说，"有急事。那张请帖，确实是一个陷阱。我可敬的埃及人告诉我，人家要召见我们。你知道，他知道学校里发生的一切。传达室赚钱不多，却是个获取信息的好地方。就像一个控制塔。"

我停了一下，看看这消息会有什么反应。她显得很平静，几乎像松了口气。

"好吧……我所要做的……我得回家里去，把真相告诉我父母，给专业机构打个电话，事情就解决了。如果联系成功，我甚至不用把脚踏进学校了。没有运气，如此而已！放弃音乐会的目标：那是给音乐家布置的最大陷阱！最野

227

蛮的，但也是最危险的！"

她的嗓子完全走调了。她咬着嘴唇，看得见嘴唇上的牙痕。

"首先，把口红给我。对了……很好……这样更好点……即使为了面对失败，也得要亮相！现在我能说的，就是我爸爸在看很多历史片，我也跟他一起看，因为我们俩每天做着同样的事情，可是一言难尽。有一天，我看到一部关于犹太人的纪录片，纳粹要把他们赶进某个集中营去杀死他们。这不是故事，而是实有其事。起初我不相信人家用他们的脂肪做肥皂，用他们的头发做枕头，可是爸爸告诉我，那是真的。"

"我知道。"

"你已经知道啦？"

"当然。可是你为什么跟我说这个？你有时也挺怪的。"

"不，你听着，这有关系。有些犹太人马上看出人家要驱逐他们，甚至杀害他们，于是，他们不慌不忙地逃走了，几乎散遍了世界的每个角落！"

"对，后来呢？"

她似乎没有明白。

"你堵住了耳朵，还是怎么的？"我喊道。

我摇晃她的肩膀，她轻得像个娃娃。

"我们得逃走，玛丽，一直躲到比赛！三天两晚，不是死亡。要不，人家会把你关进一个专门营地，我将永远站不起来，因为同情和你我之间的流放。我牢牢记住了爸爸的历史片。武器，就是逃走。我不愿让步！不仅是为你，也是为我。因为以前我一钱不值，现在因为你我有点儿价值了。我说的不全是学校里的事，因为这说到底并不那么重要，而且，我很清楚，我永远也不可能像你或哈依沙姆那么聪明，但我宁可把这看作一种精神。我在这方面有点儿提高，也可以说有点儿感化，自从认识你以来，我似乎被嫁接了一颗灵魂……如果不一直走到底，我就会跌得比以前更低，我感觉我会像一粒灰尘那么灰溜溜的直到生命的结束，那也就是希望的结束。"

她打了一个喷嚏作为回答，我递给她一条手绢。她鼻子通红，神色不佳。

"逃跑？逃到哪儿去？你有主意吗？"

"对，我知道去哪儿。你父母在家吗？"

"不，他们在很远的地方，要很晚才回家。"

"那么，回家去，带上一包保暖的东西。我两个小时后去找你。我得先为一个需要我帮忙的人干点事。"

"你在人道活动方面很专业吗？"

"对，为了职业安全。"

"大提琴呢？"

"什么，大提琴？"

"我带不带?"

"当然，得带上。"

她还在犹豫。

"告诉我……"

她显得真的很担心。

"什么?"

"我得带睡衣吗?"

"一件睡衣。当然，我们得穿睡衣。"

艺术家和实际生活，是两码事。

12

它以惊愕的眼神看着我，犹豫一会儿，仿佛在探测陷阱，但它没有抗拒我撒在地上的谷粒。它黄色的小小鸟喙在早晨清新的太阳下闪着光，碰着地。它抬起小脚，在院子里跳得更远了。我觉得它要转过头来再看我最后一眼，我明白这就是告别了。响起一阵拍翅膀的声音。尽管是分别，我还是为它的脱困而高兴。

叫我有点担心的是爸爸回来时的反应。我用了好一番心思来给他留了张条子：我需要独自为未来和日常的生活做一个清理。他自己是这一方面的大师，这大概会使他放心。我心想，他会理解这一需要的。我还给他解释说，我不能告诉他我去了哪里，但是肯定不会有危险，再过几天，我就每天晚上刮胡子后陪他去"加拿大"。我在"刮胡子"一词下面打了着重号。我还请他原谅我把几盒饺子都带走了。我试图真正能使人安心放心，但总还是有些顾虑，那是对未来某个行为的意识中的不确定感，是某种道德上的担忧。我心想玛丽也会体验到这种意识中的不确定感吧。

我抓着她的手，把她前面的荆棘折断，免得刺伤她的腿。她把装在一个比她身体还宽的盒子里的大提琴背在背上。森林又深又阴凉，而棚子，就像艾蒂安告诉我的，还是老样子。这时突然一种怀旧的感觉让我又沉浸在那段日子里……这个棚子真的挺漂亮，有一扇真正的门，四个床铺，厨房一角……我们是为到这里来尽情搞几天音乐而建造它的，但是不插电，摇滚乐也没劲，所以我们很快就放弃了艺术流放的念头。我只希望艾蒂安不要有带癞蛤蟆皮来这里逗留的想法。这真的不是同一个音符。在他们的以摇滚乐为背景的窃窃私语和玛丽的以十六分音符编织的命运之间，还是有差距的。短短的三个白天和两个夜晚，两个手指相扣的夜晚。要是有点运气，可以希望玛丽的父母到第二天，甚至第三天才展开寻人的行动。这是可能的。在这种情况下，我们完全有可能毫无障碍，走上比赛的红地毯。

"你看，"玛丽一边对我说，一边翻她的包，"你看我想到了带什么……"

她拿出一张纸，像举着一面旗。我念出："星期五，11点。"我已经怯场了。

"这是独奏音乐会的通知。幸好上星期妈妈告诉我了，她把它贴在冰箱上了……该死。维克多，你真相信我们能达到目的？说实话，如果你能带我走出迷宫，你就是真正的大师。"

"很明显，人家会在那之前找到我们，"我对玛丽说，"但至少，我们必须做一切尝试！"

我把几个罐头放在过去的一个小柳条筐里，玛丽则沿着墙摸索以弄清楚位置和整理屋子的可能性。我从包里拿出词典，把爸爸的小煤油炉放在上面。玛丽抚平一条漂亮的裙子，把它平稳地挂在一颗钉子上。

　　"你准备去跳舞吗?"我问。

　　"是为了音乐会，笨蛋!"

　　说真的，我觉得我们很幸福。周围一片宁静，只有森林里的神秘生命和温柔吹拂的清风陪伴我们。

　　"你相信学校里人家已经发现了我们不在吗?"她问我。

　　我看看手表。

　　"对，肯定的。但吕基·吕克忙于看书，还来不及反应过来……傍晚以前谁也不会意识到的。至少到明天，我们还是安宁的。"

　　下午，我看见她拿出大提琴，往琴弓上擦松香，动作那么温柔，仿佛悠长的抚摸。她的头发以蜜糖色的反光把棚子照亮了。我试图不错过这场景的任何细节，因为我感到，这是一个准备回忆的时刻，对于我这类的男孩来说，这比任何艺术问题都更重要。在琴弦之间，我看见了爸爸的脸。随着时间的流逝，某一天，他也不过是一个巨大的回忆。对于它，对于这种痛楚，我们毫无办法。我坐在床上，右手托着下巴。她开始演奏我在她家听过的约翰·塞巴斯蒂安的一首乐曲。琴弓像一条长蛇在琴弦上起伏滑动。

偶尔，它突然停下来，森林里众鸟的争鸣搅动着宁静。

"这一段，你更喜欢我这样拉吗？"玛丽问我。

我竖起耳朵。

"要不，还是这样好？……"

我没有看出区别。

"我只想知道，后天你希望怎么听这首乐曲……我不问你别的。"

"或许第二种好些吧。"

"说得对，我同意。"

我受到了赞赏。

暮色降临。黑夜淹没了棚子，摇动的树影跟我们做伴。该脱衣服了，我们都默不作声。当然，我事先考虑过，对玛丽来说，我脱不脱都一样。但我错了，因为她越是看不见，我就越觉得被看见。于是，为了预防某些害羞的情况，我用一块长布把棚子分成两格，但我还是看见她像中国皮影一样扭动着穿她名贵的睡衣。大提琴也把影子投在墙上，魔鬼似的巨大无比，仿佛乐器要趁玛丽睡着时像牛头怪一样把她吃掉。我们一边倾听着森林的声音和树木的交谈，一边友好地交换着几句互相鼓励的话。

"你相信人家在找我们吗？"她问我。

"还没有。他们要等等看我们会不会自己回去。别担心，过两天，一切就结束了。你知道吗，玛丽？"

"什么?"

我犹豫着。

"整个这一年,你都在带给我梦想。我永远也忘不了。"

我的心抽紧了,因为我们正在经历的,真的就是在准备往事。我想到爸爸和他的担忧。我想为一个人做好事而又不伤害另一个人,这真的是一件好困难的事。

半夜时分,情况开始变了。风呼啸着,雨点敲着棚顶。周围的树狂乱地扭动着,大桶大桶地朝我们的棚子泼洒雨水。尤其是,夜里以及早上,温度急剧下降,似乎季节在向后退。玛丽咳嗽了,呼吸中带着尖锐的哨音。

黎明时我醒过来,感觉睡在海绵里,似乎袜子里马上要长出蘑菇来了。大雨继续敲打着森林,冰冷的雾气像从土里升起来。我想显得很沉稳:

"好哇……这雨下得最好不过了!"

"你这么觉得?我冷。我的大提琴需要有棕榈叶。"

"对啊,这会推迟他们的寻找。这样的天气,谁也不会到这里来找我们。"

玛丽脸发红,眼睛发亮。我想起爸爸的安慰动作:我把巴掌放到她前额上。

"你干什么?"

"我看看你有没有发烧……"

"那么有吗,大夫?"

“可惜我不知道，因为这是爸爸的做法，要有衡量的标准，可是我没有。”

我用火柴热了一盒饺子，可是许多火柴都湿了，碎成了小泥块儿。

过了一会儿，玛丽想要排练，可是手指头已经冻得发僵了。大提琴的声音也变味了，好像变得嘶哑了。

“它真是超级敏感啊。”我说。

“它是有生命的，如此而已。”玛丽回答，“它感冒了。”

于是，她做起一个很不寻常的动作。她给她的大提琴做按摩，肚子上，背上，侧面，从各个开口往气孔里吹气，就像抢救一个溺水的人一样。

她也感冒了。她穿上暖和的外衣，躺在睡袋里，睡了大半个下午。一阵阵的咳嗽撕碎了她的睡眠，与一直没停的雨声混合在一起，雨水敲打着树木，滴滴答答地渗进木板棚里。我们就像在碰到冰山以后的泰坦尼克号船上一样。

一个晚上，一个白天。

我想起跟爸爸一起看的一部历史片，片子讲的是第一次世界大战那些打了四年仗的士兵，他们在极端艰苦的条件下患上了西班牙流感，在圣诞新年停战的日子里，紧紧地把身体挤在一起。

我开始怀疑我们会不会因为一场普通的感冒——甚至

谈不上西班牙流感——而被打败，在战斗结束以前就回到家里去。

晚上，她要我给她读诗，那本诗集是她特意带来的。

我承认，里头有一些很美的诗作，但带给我的却是担心，她喜欢这么躺着听我念诗，颇有点弥撒的味道，叫我手脚冰凉。我读诗的时候，她以一种古怪的神色看着我，眉毛微微皱着，微微发抖。接着，她咳嗽起来，似乎肺部都蹦到了舌头上。有一阵儿，我泄气了。我问她：

"你想回去吗？"

"严肃点，维克多。"

我看不大出她为什么这么回答我，因为，说真的，我从来没像那天那么严肃过，而且，正是出于严肃的考虑，或许回去才是明智的。

然后，我想做一餐热饭。但我发现，我原先带的东西太少了：只剩一小盒饺子和一根火柴了。我查了词典。

牺牲：对神灵的礼仪性奉献。自愿地放弃或戒绝（旨在一种宗教的、道德的或实用的目的）。

这并没有给我带来多少道德上的帮助，但我还是把我的食物全都倒在了她的盘子里。当我们不得不跳过一餐时，同情变得更加复杂了。这时刻，我希望搜寻已经开始了，希望大家马上把我们找到。玛丽像大提琴那样嘶哑着嗓子对我说：

"你的饺子，很好吃。"

"这是我爸爸最喜欢吃的，尤其是这个牌子的。"

由于激动和饥饿的冲击，我的心抽紧了，我的肚子扣得紧紧的。

"是的，味道不错。"我又说，"我把一盘子都吃光了。"

我心想，同情，真是蠢货的游戏。在空着肚子的时候，是很难心里感到充实的。这是我非常明确的观念。

晚上，夜幕降临时，情况不妙了，玛丽把吃的全吐了出来。她马上又睡下去。我急忙摇醒她，对她说：

"玛丽，我们得回去了。这样绝对不行！你把我的饺子都吐了，脸色苍白。你病了！得看医生！这里，真是把漏勺，会把你害死的！"

"我病了，但我保证没事。这只是伤风，或者类似的情况。也许是怯场……仅仅是怯场，我想……你握住我的手，这会让我感觉好点儿。"

我感到在她的手心里，一颗小小的心像快板一样地跳动，我觉得自己像在捧着我的小乌鸫。

"可你得明白你在发烧！你抖得像一片树叶。至少让我去找点吃的，再找点药。要不，即使坚持到明天，你无论如何也没力气演奏……那叫什么曲目来着？"

"《第五组曲》的前奏曲。"

"约翰·塞巴斯蒂安的?"

"对，约翰·塞巴斯蒂安的。"

"那么，为了给约翰·塞巴斯蒂安增光，你得保持健康。你认为他看到你这个样子会满意吗？带着他对所有孩子的关爱和他做父亲的直觉，他的眼睛在看着你呢！"

她点头表示同意，轻轻地加上一句：

"但你得答应跟我一起睡，快点回来。"

＊＊＊

我跑出树林。手电筒变成夜空的巨笔，照亮画在黑暗天空的雨丝。雨下的路面闪着光，仿佛抹上了美发油。我寻思最理智的办法是不是告诉某个人——爸爸，要是他在家，如果必要甚至得告诉玛丽父母；我甚至可以去敲哈依沙姆的门，他这次应该不会跟我打哑谜吧。我不打算听用隐晦曲折的话讲简单而不幸的事情。我还能看见玛丽正从我的指尖滑落，她最后的力气正像沙漠里的水渐渐流干。我在公共汽车站的凳子上坐了一会儿，哭了起来，我手里同时握着玛丽的生命和命运。

我穿过村子，来到教堂前面，用手电筒照照，大门开着。我感到奇怪，因为我以为它跟任何店铺一样，会有几小时关门的。我猜想在这样的地方能找到什么安慰呢。我走进去，看见最里头亮着光。情景有点吓人。我熄灭手电筒。我从背后看出一个人，正在往一张标着一个我忘了名字的名人的台子上放东西。过了一会儿，那个忙碌的人转过身来。他问我：

"你哭了？"

我擦擦脸，点头答是。

他叹口气，说：

"雅妮克·诺阿在罗兰·加洛斯被淘汰了，可悲啊。"

我预想了一切，唯独没想到这个。我用手掐自己，以验证我不是在做梦。我心想他大概是个爱用隐喻的神父。

"这是一个隐喻吗？"我问，以显示我知晓。

他古怪地看看我，又忙他的事去了。我听到一些东西碰撞的声音。突然，他转向我，一副生气的样子。

"我告诉你，雅妮克·诺阿在罗兰·加洛斯被淘汰了，你没反应？"

"可是，先生，我无能为力。毫无办法。有时，面对一些事情，会无可奈何的。"

他似乎沉入思考。

"对，你没办法，任何人都没办法。雅妮克·诺阿被打败了，可是他的梦得救了。"

"先生，我得告辞了。我想这样更好。"

"可惜，我以为你是可以相容的。"

"相容？跟什么相容？您的话太隐晦了，先生。"

“相容，仅此而已。你得回来，我们做些测试。”

我开始害怕起来。

“测试？”

“现在得等温布尔登①。真伤脑筋。你不能先来吗？你不能快点吗？算了，你有权全部预支。别担心，因为我也有护士证书……”

难道我变疯了？我飞快地冲出教堂。回到了曾经举行集市的广场上，我又想起我们，玛丽和我，一块儿啃爱情的苹果。我很饿，腿软绵绵的，心里害怕。月亮突然出来，高高地挂在天上，我感觉它在向我吐舌头。

这时，我看见警车。它停在市政府前，它的转动的警灯在黑夜里的山墙上映射出五彩斑斓的旋涡。我又要掐自己了，验证我是不是冒冒失失回到了家里。

我擦着墙壁往后转。我的心跳得那么厉害，感觉都要蹦出胸腔了。我踮着脚尖，再次朝森林走去，似乎担心把人吵醒。我走进树林，感到安全多了。我在神秘地晃动着的阴影下找回了一点安宁。在雨水滴答的棚子里，玛丽睡着了。她的头发被汗水黏贴成一个浓厚的线团。她显得很小，缩在巨大的睡袋里好像要消失了，我心想，她肯定没有大提琴重。我想起经常在棋盘上说“封锁局势”的可敬的埃及人。玛丽在轻轻呻吟着，似乎在做梦。我在她旁边

_____

① 指温布尔登国际网球赛。

241

躺下，握着她滚烫的手。她醒过来。

"你怎么哭了，维克多?"

"没什么，玛丽。况且，我没哭。"

"你知道吗，维克多，我想跟你一起再去开碰碰车……"

"一起吃爱情苹果……"

她用胳膊抱住我，一下子，发烧又来了。现在，我知道已经失败了，即使人家没能在比赛前找到我们，玛丽也没有能力演奏约翰·塞巴斯蒂安了，他会在天上做鬼脸了。

我滑进了深沉的睡眠，梦见那个发疯的神父拿着一支注射器追赶我；他想抱住我，我枉然挣扎，动作软弱无力。幸亏他抓住我手臂的时候，爸爸赶到了，仿佛神灵出现，拖着一种严肃古老的快乐，把灾祸与不幸隔得远远的。

"看来他们真的不大好!"爸爸把我从床上抱起来。

梦幻气泡破灭了。外面，天大亮了，太阳的光芒充满了棚子。哈依沙姆和吕基·吕克在照顾玛丽，我看见他们在让她喝水，一个扶住她的背，另一个拿杯子靠近她的嘴唇边。

"爸爸，你怎么知道的?"

"昨天夜里，学校领导陪着玛丽父母来找我了。"

"可是你们怎么知道我们在这里?"

"我去问了哈依沙姆。一看时间，我们开始担心……我不大明白他说的话，他开始给我们讲 1956 年的一场棋赛……后来，我们一起去找艾蒂安和他弟弟，我想他会有办法……艾蒂安想起了棚子……可是，你那个伙伴很古怪。他境况不佳，我担心他会做傻事。"

"问题不大，"我说，"他在恋爱。你会看到，他用感情，按他所能地解决问题。警察也在找我们吗？"

"别担心！我让他们到别的地方找去了……你算是有几个怪朋友。"爸爸感叹地说。

"那么玛丽的父母……"

"现在他们都知道了……"

爸爸抬起眼睛，我跟随他的目光。

棚子门打开着，玛丽的父母站在外面的平台上。艾蒂安穿着达克·瓦多尔的服装站在他们中间。

"完了，死棋。"我想。玛丽转向我，我们的目光交会了，仿佛我们互相对视。玛丽的父母，以凝固、敌视的目光，轮流射向我和他们的女儿。突然，玛丽的父亲像触电似的吼叫起来：

"得了，别再演戏了！去医院！我们要把你从这里拉出来，玛丽。你看看这个烂棚子！"

他用手扫遍正在坍塌的棚子。

玛丽哭了起来。我突感能量爆发，站了起来，大喊：

"不！不！不去医院！爸爸，不可能，你不能让他们这

243

么干……我们要参加比赛。要不，就等于要我们死。"

"比赛?"爸爸问，"维克多，你这是给我唱的哪一出?"

"一场音乐比赛，就是大提琴比赛。你看，大提琴在那里。比赛通知也在那儿! 我，去翻乐谱。这不是那么容易的。"

玛丽的父亲发出一阵带着哀叹、嘲笑和威胁的笑声。

"这些装腔作势还不马上结束?"他喊道。

他转向我，用气得发抖的手指指着我。

"你……你……不要再拉她走远了! 玛丽，你明白你跟着他走到什么地步了吗? 相信我，以后你会感谢我们的……明天，我们带你去那家学院，那里会给你所有你值得争取的机会……无论如何，得停止损害!"

重压之下，玛丽似乎衰竭地待在床上，背朝着墙，脸埋在交叉在膝盖上的手臂里。

我相信，在生活中，每个人都会遇上一个神奇的时刻。那么，对我来说，现在正是这个时刻。

轻轻地，仿佛因自身的重量而摇晃，我亲爱的哈依沙姆从他坐着的床上站起来。他的大眼镜蒙着雾水，小眼睛一片模糊。他朝玛丽的父母走去，肚子几乎碰到他们。他一言不发，非常平静，毫无攻击性地跟他们打了个照面。然后，他宽阔的脸凑近玛丽父母的脸，邀请他们到棚子外面去交谈一阵。

"听着，爸爸，"我说，"如果你送我们去音乐学校，我会连续十年每个月给你洗气门摇臂，而且每星期给你打扫'加拿大'。如果你拒绝，我就不再刮胡子了，你的儿子就会满脸胡子茬儿。才十三岁，漂亮哟……"

"首先得玛丽的父母改变意见……"

"对这个，你不用担心。只要哈依沙姆插手，问题就解决了。相信我，他们办不到。他们施加不了影响！问题是玛丽，必须找到办法在比赛前恢复她的健康，否则，人家就会违背她的意志，把她关进一个设施齐全的集中营里。"

"对呀，她不能这么演奏。"吕基·吕克说。

他用手挠挠蓬乱的头发。

"尤其是约翰·塞巴斯蒂安的乐曲，"我加上一句，"这不是无关紧要的！"

玛丽脸色稍微有点恢复，但一直咳嗽，烧得发抖。于是，在确定哈依沙姆正在外面跟她父母商谈的时候，吕基·吕克叫我们在他周围围成一个小圈，把食指放在嘴唇上请大家小心。

"好，我有个主意，但很棘手，不大容易。通常来说，明天，我要参加比赛。骑车时，我们经常……怎么说呢……吃维生素……为了保持竞技状态……没有任何危险……"

他显得很不自在，使我想起学生们来他办公室解释错误的样子。他继续说：

"我随身带了一瓶这样的……维生素。我得过几小时才吃……现在，我可以给她……这可以使她一直坚持到比赛结束。我可以亲自给她注射，因为我也有护士证，需要的东西我都有……"

"也能给我吗？"这时达克·瓦多尔问，声音似从遥远的银河系传来。

"不行，"吕基·吕克说，"你没权利要。这是用于极端紧急的情况的。"

他刚操作完毕，玛丽的父母就回到了棚子里。哈依沙姆留在外面，他安安静静地排列了一些松果，我想，他是在火星上下象棋。

时间静止了。大家都保持着安静。

"玛丽，快点儿！站起来，穿好衣服！"她爸爸说。

玛丽好像麻木了，没法动弹。大家都屏住了呼吸。

"可是你会站起来，是不是？"他又说，"你以为人家会等你吗？你的运气就在今天。有一个小窗子为你开着。要一台起重机把你吊起来吗？"

我微笑了，因为这是爸爸常说的话。

他看来像要哭了，整个脸变形了。他妻子站在他后面，已经哭起来了。

"不过看样子好点了！简直难以置信。"他发现。

"她正在准备决赛冲刺。"吕基·吕克说。

我的视线落在挂在钉子上的比赛通知上。

"可是，现在几点了？"我问。

"快到 10 点 30 分了。"爸爸说。

"冲啊！"大家异口同声地喊起来。

爸爸拿上大提琴，玛丽趔趄几步，抓住了我的手。

我们成印度队列穿过树林。吕基·吕克手上提着挂着玛丽晚会长裙的衣挂。我想我们很像一支偷猎队。

我心想，还真有点像，我们正在跟命运做交易。

潘哈德车和那辆大 BM 停在树林边，后面是吕基·吕克的自行车。

玛丽在潘哈德车里换好衣服。她穿着有点飘动的白色长裙，俨然一位仙女照亮了森林。

"我跟维克多坐在一起，"她说，"他是线团，我不能松手。"

达克·瓦多尔跟玛丽父母一起坐上 BM，哈依沙姆跟我坐在潘哈德车后面的座椅上，爸爸让玛丽坐在前面。

"我跟着你们！"吕基·吕克骑上车喊道，"别想甩掉我，你们甩不掉！"

爸爸一边开着车，一边以困惑而担心的神色在后视镜里看着我。

"怎么啦，爸爸？怎么这么看着我？"

"你一个星期没刮胡子了，你面目不清了。"

哈依沙姆难以置信地占满了整个潘哈德车。他看来很安详，好像没有意识到他刚刚完成的奇迹。

"你对他们说了什么，让他们转变态度？你怎么做成这件事的？"

我尊贵的埃及人只叹了口气，似乎我打扰了他。我明白他什么也不会说的。

"说实话，你是冠军。我能说的就这个。"

后面，吕基·吕克飞车紧跟，弯道上还伏下身子，低着头，皱着眉，他不肯拉开距离。

***

当我们到达时，第一批参赛选手已经结束了，但很幸运，玛丽被安排在节目单的第二批，我们还有一点时间。

我们把她留在排练厅里，让她集中精力，暖和手指。

"维克多，别忘了五分钟后来跟我会合，我需要你做我的翻页师！"

"我这个样子能行吗？"我的样子像头野猪。

"我等你五分钟。只要你愿意，光着膀子来都行！"她说完就消失在排练厅里。

大家都惊讶地面面相觑，听到她这样说话简直太奇怪了，我心想，吕基·吕克的药物是不是对词汇也起作用。

"你看，"爸爸说，"你要刮了胡子多好。现在只能这副模样了！"

这时第一批的观众走了。一个职员请我们进厅里去。哈依沙姆有点发愁的样子，他后退了一步。

"你不想来看演出？"我问他。

"好极了，小大师。"他只简单地回答我一句，然后就想往门口走。

我追上去，抓住他的方格衬衫。

"你不能这么走了，今天不能走！"

"可是今天要走……做沙巴。"

"你做着沙巴跟我们跑了四面八方！你看，你坐在一部汽车里，待了整整一下午。既然这样，今晚，你可以一边吃香肠，一边看电视。"

"不错。但没必要加重错误。你知道，雷舍夫斯基拒绝星期六下棋，在30年职业生涯中，总为这中断比赛。"

我耸耸肩。

"反正，我不管你的雷舍夫斯基和他的怪癖。他可以做他想做的一切！只要星期六转手指能使他快乐！……可是你，哈依沙姆，你真的很想走吗？"

他显得很尴尬。我相信，这是我第一次，也是唯一一次使他心思犯难。

"很想走？不，不能这么说。相反，我很想留下来。你甚至都无法想象！"

终于，时间到了。人家叫玛丽和她的翻页师了。我以为会膝盖发抖，以牙齿的咯咯作响来打拍子。可是相反，一种星际般的安宁进入我的心，似乎时间的平静流动完全占据了我。

表演大厅里，我看到爸爸和哈依沙姆、吕基·吕克坐在一起，而达克·瓦多尔坐在玛丽的父母中间。评判委员会被安排在我们右边，稍稍靠后一点。

玛丽神态飘逸，她睁大着眼睛，仿佛入迷了。

观众渐渐安静，平静得像水面。一个清空的时刻。玛丽把琴弓停在琴弦上方几厘米处。我屏住呼吸。我朝爸爸和凸出在座位外面的哈依沙姆瞥了一眼。我看见他以一个不易察觉的动作向我举了举手；在这个对我做的小动作里有着两颗心之间不可捉摸的交流。在琴弓压紧琴弦以前的几秒钟时间里，一切都剧烈碰撞着回到记忆里。玛丽孤零零地在村路上走。玛丽在梦幻列车里。爱情苹果。玛丽带着心中的忧愁跌倒在地。玛丽的眼睛。玛丽默数的脚步。

激烈的、空灵的、清晰的音乐在人们头上升起，在大厅里飞翔。我不时地翻页，面露着喜色。尽管我缺乏观念，我也知道今天玛丽在以特殊的方式演奏，仿佛危险地在空虚边沿侧滑飞行。我们一起，在今年，跨越了空虚和黑暗。

有时，琴弓放慢，似乎音乐在爬坡，直爬得气喘吁吁；突然间，瀑布似的音符翻到了山口的另一面，转为狂怒的飞驰。

我的心猛烈跳动起来，因为我知道，一颗最微小的沙粒也足够使玛丽摔跤。我从侧面看着她，她的脸有点发光，头发四向飘舞。

然后，她用琴弓猛击三下。一切重归肃静。迷宫出口的太阳，很轻慢，很温柔。玛丽把琴弓举起，绵延柔婉的乐音还在我们周围盘旋。我感觉，音乐的最后几个回音在跟童年的回音一起消逝，同时激起掌声的惊雷。

当我们在一个小厅里等待结果的时候，吕基·吕克对我们说，玛丽使他想起贝尔纳·希诺尔在最后一次环法自行车赛时，从洛塔雷山口冲下来那么快，始终像悬空坠下似的。我脑子里当然没有这些图像，但我明白他的意思。玛丽跟我们在一起，精疲力竭。大概吕基·吕克的药物效力过去了。她对我说：

"你干得很好。"

我心想，如果她还有力气来嘲笑我，那大概病得没那么重吧。

"是真的，很不一般。我不是开玩笑。我在猜你怎么做到的……"

"你指什么？"

"就是指那 15 页乐谱，每页都恰恰是在该翻的时候就翻。你太出色了!"

那么是的，在无比激动的评判委员会给出评判结果，并给予玛丽伟大生涯的许诺之后，我一边登上潘哈德车，一边心想，她肯定说得对：我从来也没有做得如此出色。接着，潘哈德车启动了。

"现在，该刮胡子了。"爸爸说。

作者的话

我应该向整个青年迪吉艾团队满腔热情地接受我的书稿表示热烈的感谢。全靠达萨街 8 号团队的才能和努力，这些稿纸才成了一部小说。

一个动人的念头首先献给米舍尔和奥利维埃，他们的敏锐和意见是对我最宝贵的帮助。我对他们怀有巨大的感激。

我同样感激德妮丝，她对这部书稿抱有信心，想让她周围的人都读到它。我向她致以热烈的谢意。

一种亲切的谢忱还得给予我的日常伙伴：戴尔菲娜、佐艾、特里斯坦和哈法艾尔，他们接受、原谅并分担我要做小说家的怪癖和烦恼。

帕斯卡·鲁特